Comme ton père

Du même auteur

AUX ÉDITIONS DE L'OLIVIER
Comme tu as changé

A L'ÉCOLE DES LOISIRS
J'entends le silence des chaussures de papa
On s'écrira
Léopold préfère les fauves
Ma maîtresse s'appelle Rosemonde
Dommage que ce soit un secret

GUILLAUME LE TOUZE

Comme ton père

ÉDITIONS DE L'OLIVIER

ISBN 2-87929-050-3

Pour Serge, mon compagnon.
À la mémoire de David-Frédéric et Emma, mes ancêtres.
Pour Béatrice et Lucien, mes parents.

1993
PAUL

\

Masitise, le 20 août 1993.

Jacques,

Écrire ton nom est un plaisir que je me suis longtemps interdit. Avant d'en tracer les lettres, je l'ai dit à haute voix et il a résonné contre la paroi rocheuse. Ici, très loin de toi, ma bouche a fait vibrer l'air des sonorités de ton nom.

La nuit tombe, c'est l'heure où la roche commence à rendre de l'humidité, l'heure où je frissonne, pas à cause du froid mais parce que je n'aime toujours pas sentir la nuit s'installer jusqu'au lendemain matin.

Aujourd'hui, j'ai quarante-sept ans et c'est la première fois que je fête mon anniversaire depuis que je suis arrivé ici. Tout à l'heure, j'ai planté une bougie blanche, à la française, au milieu d'un gâteau d'igname au coco, j'ai attendu que le soleil passe derrière la rangée d'aloès qui bordent la terrasse et, dans l'obscurité naissante, j'ai soufflé cette unique bougie. Aujourd'hui, j'ai un an et c'est le tout petit garçon que je viens de redécouvrir au fond de ma vieille

9

carcasse qui t'écrit. Si mes souvenirs sont justes, tu devrais avoir soixante-neuf ans dans l'année. J'essaie d'imaginer ta belle silhouette et ton visage serein d'homme respectable. Moi, j'ai toujours les cheveux en bataille et l'air de ne pas être rasé, même si je passe et repasse la lame en acier trempé sur mes joues jusqu'à saigner. Nous n'avons pas dû changer beaucoup, toi et moi, cette dernière dizaine d'années.

Il faudrait que je te dise où je me trouve, que je prenne un globe terrestre et que je pointe avec mon doigt l'endroit précis d'où je t'écris. Cela fait longtemps maintenant que je suis arrivé, et, au-delà des montagnes qui ferment mon horizon, la position des différentes parties du monde me semble floue. Tu pourras lire le nom du pays sur le timbre : LESOTHO. C'est un petit territoire indépendant — une nation et un État — au centre de l'Afrique du Sud.

Vingt mille kilomètres nous séparent. Je t'écris de l'autre bout du monde, la pointe sud du continent africain. Pourtant, malgré toute la distance que je me suis appliqué à accumuler entre nos deux vies depuis dix ans, j'ai l'impression de te parler à l'oreille. Je vois ton visage posé sur une taie d'oreiller en métis blanc comme tu les aimes, je suis allongé à tes côtés, la tête posée sur un coude, et je murmure. Toi, tu regardes le plafond en souriant.

L'électricité n'arrive pas jusqu'ici, la seule lumière disponible à cette heure-ci est la flamme du Lumigaz, blanchie par son verre dépoli. Elle donne à la plume de mon stylo une ombre gigantesque. Autour de moi, aucun son ne provient des parois taillées dans la roche.

Ici, au cœur de la pierre, je me sens en sécurité. D'abord,

il y eut des cavernes naturelles dans la falaise de roche rouge, au-dessus du plateau, et puis elles furent agrandies, taillées à angle droit par la main de l'homme pour en faire des pièces d'habitation. Aujourd'hui, c'est une vaste caverne fermée de murs avec des portes et des fenêtres, comme une vraie maison.

Sur les murs blanchis, mon ombre tremble frénétiquement au rythme de la flamme du Lumigaz. Au bout d'un moment, j'ai mal aux yeux et je dois l'éteindre. Souvent, je me couche à peine une heure après la tombée de la nuit pour me lever tôt. Voilà à quoi ressemblent mes soirées depuis plusieurs années. Quand je suis arrivé ici, avec mes deux valises, il s'est passé plusieurs semaines avant que je ne parle à quelqu'un. Je mangeais du pain que je désignais du doigt dans le hangar qui sert de boulangerie. Je m'étais installé dans un sac de couchage au fond des cavernes, je retrouvais mes années de scout. Pour seuls meubles, j'avais la valise en cuir jaune et malodorant que tu m'avais rapportée d'URSS et celle en carton bouilli de mon grand-père. Dans son couvercle, tu peux faire le tour du monde rien qu'en contemplant les étiquettes d'hôtels d'avant guerre. J'avais aussi trouvé dans un coin de la grotte une vieille chaise en bois au paillage fatigué. Tous les jours, une bande d'enfants montait jusqu'ici et se cachait dans les buissons pour m'observer. Je restais prostré sur ma chaise, la peau brûlée par le soleil, et les enfants avaient l'air effrayé. Leurs yeux me semblaient énormes et blancs, prêts à sortir de leurs petits visages noirs. Un jour, je suis tombé de la chaise, assommé par le soleil, et les enfants m'ont traîné à l'intérieur. Il y en avait un qui parlait anglais. Il m'a demandé d'où je venais, je lui ai dit Paris. Et là, j'ai pensé au bar du Marais où nous nous retrouvions parfois le soir et je me suis mis à pleurer parce que tu n'étais pas là. Les enfants se sont enfuis.

C'est pendant ces premières semaines en Afrique que tu m'as le plus manqué. Au bout du monde, pour la première fois, j'ai compris à quel point je t'avais fait souffrir en partant brutalement, sans un mot, sans raison. Comment te dire ? Tu quittes Paris, ses dîners, ses fêtes, et quand tu arrives ici, en Afrique, la première chose indispensable c'est de s'asseoir face au paysage et d'oublier tous les mots que tu connais. Moi, je suis resté un moment à essayer de faire des phrases et je me suis trouvé face au vide. Je n'avais tout simplement rien à dire. Ici, c'est la beauté du paysage qui te saute à la gueule, il n'y a pas de phrases pour ça.

Quand j'ai décidé de tout quitter pour venir ici, le monde commençait à craquer autour de moi. Je ronronnais doucement, de galeries en salons et de restaurants en lits froids. Je ne sais pas où j'ai puisé la force de taper des deux pieds à la fois et décidé de tout changer. J'étais perdu, et mon seul désir était de me perdre un peu plus. Partir loin, le plus loin possible de moi-même et des convictions qui m'avaient toujours animé. J'ai choisi l'Afrique du Sud. Comment t'expliquer ? Le pays vivait les dernières heures de l'apartheid, c'était comme un test pour moi, savoir quel camp je choisirais. Quand tu commences à ne plus t'aimer, ça ne suffit jamais, ce que tu veux, c'est pouvoir te détester complètement. Je cherchais des arguments. Les discours bien-pensants avaient fini de m'épuiser et je pensais que, peut-être, il me serait possible de choisir facilement le camp du plus fort. Quand je suis arrivé chez ces Blancs d'Afrique retranchés dans la peur, spectateurs impuissants d'un monde auquel ils avaient eu tort de croire, la vie m'a fait signe. Je me suis moi-même étonné, c'est dans le fond de mon ventre que le choix s'est fait. Là siégeait la nécessité de me ranger du côté du moins fort.

Il faut t'imaginer un monde de blonds, les cheveux éclaircis encore par le soleil, déposés au cœur d'un paysage où ils n'ont rien à faire, et tu comprendras que, les premiers jours de mon arrivée ici, je n'ai pas pu avaler une bouchée de nourriture. J'ai été invité chez des Blancs purs et durs mais, une fois assis à leur table, il m'a été impossible de partager leur repas. Mon état physique était proche du délabrement. J'étais arrivé au bout du monde et je crevais de solitude. Et puis, le lendemain, j'ai mangé avec un homme noir qui n'était ni serveur, ni groom, ni balayeur mais professeur de langues et là, je me suis instinctivement jeté sur la bouffe sans même réaliser ce qui se passait. C'est après, repu et saoul, que j'ai trouvé les mots : j'avais choisi mon camp, ou plutôt mon estomac, en se dénouant, l'avait fait à ma place.

C'est le même soir que j'ai couché avec l'ennemi.

Invité dans une maison de Blancs, étrangement, je m'y suis senti chez moi. Pourtant, ces gens sont comme les autres, ils ne fréquentent pas de Noirs. Là, il y avait un étudiant des Beaux-Arts de Pretoria. Il avait des cheveux très noirs au milieu d'une assemblée blonde. Il avait un regard de fou. C'est lui qui m'avait amené en voiture, sous une pluie battante, jusqu'à cette fête au milieu de la campagne.

Les meubles t'auraient plu. Le genre de chose après quoi nous courions, aux Puces, quand tu as redécoré ton appartement des Halles. Dans un coin, il y avait, éclairée par une guirlande électrique multicolore, une niche à Vierge remplie des mêmes objets dont j'avais couvert les murs des chiottes, chez toi : chapelets portugais, madones espagnoles, angelots italiens, crucifix créoles... Tu ne peux pas savoir l'effet que ça fait de se retrouver ainsi à l'autre bout du monde, dans un fauteuil Victoria, et de se sentir chez soi. De la véranda montait l'odeur du poisson qui grillait sur le feu. Un *snoek* pêché au cap de Bonne Espérance, je crois. Plus loin, on entendait la pluie tomber sur la terre du jardin. Un petit garçon a sauté sur mes genoux. Il voulait que je lui fasse la lecture. Et puis, quand je suis allé pisser, il m'a suivi et il a voulu qu'on fasse ça ensemble, en se croisant au-dessus de la cuvette. Il m'a expliqué qu'il n'avait pas des couilles comme son père parce qu'elles n'étaient pas encore descendues, qu'il devait être patient.

Et toute la soirée, le jeune homme au regard de fou me regardait en souriant et moi, je lui souriais en retour. Quand nous avons repris la route pour quitter la maison perdue dans la campagne, la nuit était très noire et la pluie avait cessé. Il n'y avait plus que la tension de savoir ce qui allait se passer, ou plutôt, ça, nous le savions déjà, mais nous ignorions encore comment cela allait se dire. Autour de nous, le paysage noyé dans la nuit et les bancs de brume, j'avais oublié que c'était l'Afrique. Il m'a demandé si je voulais qu'il me reconduise à mon hôtel et j'ai répondu non. Là, tout le décor africain s'est effondré, je me suis retrouvé à Paris ou n'importe où ailleurs, dans la millième répétition d'une scène rebattue. Il m'a proposé d'aller chez lui pour voir ses peintures et j'ai dit oui. Je me suis marré, bien sûr, je me souviens que le marquage au sol était jaune et luisant après la pluie. J'ai pensé aux fois où tu dragues dans la rue et que le mec te propose d'aller boire un verre chez lui. Tu as envie de répondre que, s'il s'agit seulement de boire un coup, n'importe quel troquet fera l'affaire, mais si tu n'as pas baisé depuis longtemps, tu ne laisses pas passer une occasion, tu fermes ta gueule parce que tu sais que le mec qui vient de faire la proposition est celui des deux qui prend le plus de risques, et que, par conséquent, il n'aura aucun humour. Tu sais déjà qu'une fois la porte refermée, on ne prendra même pas la peine de sortir la bouteille du frigo, trop occupés déjà à se jeter l'un sur l'autre comme des chiots. Mais tu réponds, oui, allons prendre un verre chez toi, avec plaisir, et tu suis le mec en te demandant avec une pointe d'angoisse dans quel décor de misère tu vas tomber, parce que le motif du papier peint ou les photos d'une intimité désolante t'empêcheront peut-être de bander. Je pensais au décor que j'allais découvrir en écoutant, par la fenêtre ouverte, les pneus disperser les flaques d'eau. Et tout m'est revenu brutalement, la campagne a disparu, nous avons pénétré dans un quartier résidentiel et j'ai réalisé que j'arrivais chez les Boers. Comment te décrire ce qui s'est passé ? Immédiatement, toute notre histoire m'est tombée dessus, j'ai essayé de me rappeler avec anxiété s'il y avait eu des résistants dans ma famille durant la dernière guerre. Je voulais savoir de quel côté j'avais été programmé, génétiquement. Je venais de passer dans le camp de l'ennemi.

J'ai tourné la tête vers mon petit peintre qui conduisait en silence, personne ne trouve jamais rien à dire dans ces cas-là, tu sais bien, on prépare son coup, on récapitule, la culotte qu'on porte est-elle présentable, les chaussettes sont-elles du matin ou de la veille ? Au moment où j'ai tourné la tête vers lui, j'espérais bêtement que son visage allait me rassurer, effacer toutes ces images encombrantes, j'aurais voulu être submergé par une vague de sentiments, un peu d'amour aurait été tellement nécessaire à cet instant-là. Il regardait droit devant lui, concentré sur la route, tout à sa joie d'avoir levé un Parisien, souriant, ravi. Il n'avait pas vraiment une tête de fasciste mais je ne ressentais pas d'amour. J'ai pensé : il est si jeune, et puis je me suis souvenu, il n'y a pas d'âge pour être coupable, tu vas coucher avec l'ennemi, ta décision est prise, il est trop tard pour reculer. Qui n'a pas fantasmé sur les beaux officiers allemands qu'on nous montre au cinéma ? J'ai pensé : que celui-là jette la première pierre, et puis j'ai compris qu'il vaudrait mieux prévoir un casque parce que j'avais des chances de recevoir une pluie de cailloux.

Une fois arrivé, il a gardé les deux mains sur le volant, en regardant droit devant lui. Il m'a dit qu'il ne fallait pas faire de bruit pour ne pas réveiller sa mère. J'ai pris ma veste sur le siège arrière, j'ai repoussé la portière sans la claquer. Je ne voulais voir aucun détail de la maison de sa mère, ignorer les bibelots, la moquette bleue dans l'escalier. Je voulais arriver rapidement à la chambre, qu'on fasse ça sans bruit, qu'on en finisse. En traversant le salon, mon pied a buté contre quelque chose de mou, un magazine de télévision aux pages gondolées par l'eau d'une baignoire ou d'une piscine. Julia Roberts me souriait sur la couverture. Juste au-dessus de son regard clair, s'étalait, en gras, la typo du titre du film vedette de la quinzaine : *Nights with the Enemy.*

Dans la chambre, il y a eu de la musique française en signe d'accueil. Il portait un slip blanc. Je n'ai pas vu ses peintures, tu t'en doutes. Plus tard dans la nuit, j'ai pissé par la fenêtre pour ne pas fréquenter les couloirs de la maison. Je crois que tous les hommes ont envie de pleurer quand ils prennent leur bite en main pour pisser après l'amour, c'est un moment propice à la métaphysique de bazar. Là, en contemplant le quartier sur lequel je pissais par la fenêtre grande ouverte, j'ai pensé que ma vie ne serait plus la même après cela. J'ai retrouvé l'Afrique parce qu'il faisait chaud même en pleine nuit et que ça sentait le cyprès, comme en Provence, ou plutôt le thuya, comme dans tous les jardins de pavillons de banlieue du monde, mais là, c'était une banlieue chaude et le soleil brûlant produit une odeur bien spécifique, un parfum presque essentiel, une fragrance torréfiée. Le clair de lune éclairait le jardin et ceux des maisons voisines. Juste sous la fenêtre, une piscine remplie d'eau verdâtre. Quelque chose clochait entre la forme élaborée du bassin — des courbes et des volutes très stylées — et les algues vertes qui le souillaient. J'ai pensé que j'avais mis le pied dans un monde qui touchait à sa fin. Bientôt, cette algue parasite les boufferait tous. J'ai espéré que mon urine contribuerait quelque peu au délabrement de ce monde-là.

Mon petit peintre s'est levé pour changer de disque, son corps s'est découpé à contre-jour sur les voyants lumineux de la chaîne hi-fi. Tout en muscles fermes et fins, discrets mais magnifiquement dessinés, des fesses superbes. Ses cheveux noirs tombaient sur ses épaules. C'est peut-être là, en voyant son image à distance, que s'est produit ce que j'avais espéré plus tôt dans la voiture, un vague sentiment s'est fait jour. Nous nous sommes remis au lit. Tu sais, Jacques, il m'est difficile de te dire ça après avoir brutalement mis fin à notre vie commune, mais la vie de couple était la seule qui me convînt vraiment. Au lit, à côté d'un étranger, même repu de son corps, je n'arrive pas à dormir. Je passe la nuit à claquer des dents en regrettant jusqu'aux larmes les édredons de mon enfance, le petit lit où je retrouvais chaque soir mon empreinte dessinée en creux dans le matelas de laine. Des gouttes de sueur perlent sur mon front, je suis secoué de frissons. Ces nuits-là, je suis malade de solitude et ma fièvre ne disparaît qu'avec l'aube.

Lorsque je me suis assis à cette table pour t'écrire, le soleil sombrait dans l'horizon. Là-bas, sur les Maluti Mountains, face à moi, il pleuvait peut-être. À ce moment-là, les couleurs se mélangent pendant quelques secondes, les derniers rayons du soleil sont orange doré. Tous les petits ruisseaux asséchés qui descendent des sommets, ces écorchures de terre rouge, sont les premiers à accrocher l'obscurité. Au sommet des montagnes, l'herbe paraît encore plus verte que pendant la journée. Maintenant, c'est la nuit noire et devant les grottes, sur la terrasse herbue, le moindre bruit dans les fourrés prend une ampleur terrible, comme un fauve embusqué. Il faut du temps pour s'y habituer. Au moment où l'obscurité s'installe, on se couvre les jambes et les bras à cause des moustiques. Normalement, il n'y a pas de palu par ici mais on ne sait jamais. Il ne fait vraiment noir que depuis quelques minutes et, déjà, des insectes viennent buter contre le globe de la lampe. Je te dis que je me suis habitué à cette nuit sonore et peuplée d'ombres mouvantes, mais je dois t'avouer qu'au moment où l'obscurité envahit mon gîte, je mets généralement de la musique. Figure-toi que j'écoute la cassette de Barbra Streisand que j'écoutais à la maison quand je faisais le ménage. Dans *Memories*, l'orchestre se met à rugir au moment de « *Touch me it's so easy to leave me* » et la musique résonne contre les parois de la caverne. Ici, un groupe électrogène serait beaucoup trop bruyant et je dois me contenter de piles. Pour ne pas trop les user, je n'abuse pas des cassettes. Le plus souvent je mets la radio parce que ça ne consomme presque rien. Mais, en qui concerne Barbra Streisand, ça ne fait pas une grande différence. Il ne se passe pas une journée sur terre sans que *Memories* passe à la radio, quel que soit le pays où tu te trouves. C'est un instrument de l'impérialisme américain, au même titre que le Coca-Cola ou les McDonald's. Dans la mesure où l'état des piles me le permet, je mets la cassette et je pense à toi, à quand nous vivions ensemble.

Je ne sais pas si c'est ma musique ou le spectacle d'un homme blanc en perpétuel camping qui le fascine, mais tous les soirs, après la tombée de la nuit, un petit garçon noir traverse ma terrasse. Il est obligé de faire un détour pour monter jusqu'à mes grottes et pas un jour il n'a pris un autre chemin. Dès qu'il fait nuit noire, il apparaît, au bout de la rangée d'aloès. Il est toujours accompagné de sa chèvre blanche et c'est d'abord elle que je repère dans l'obscurité. Il traverse le terre-plein, me fait un petit signe et disparaît pour rentrer chez lui, certainement. Jamais il ne parle, jamais il ne consent à s'arrêter pour boire quelque chose. C'est un garçon qui ne fait que passer. Aujourd'hui, il a neuf ou dix ans, mais il a commencé à venir quelques semaines à peine après mon arrivée et ce n'était alors qu'un tout petit garçon de six ans, avec un petit chevreau blanc comme la neige. Je ne pouvais l'apercevoir sans penser au tout petit bonhomme qu'était Giuseppe lorsque je les ai quittés, Claudia et lui, pour venir vivre avec toi. Le petit meneur de chèvre ne tardera plus à être circoncis.

Maintenant que je me suis exilé ici, à la recherche d'une sorte de vérité sur moi-même et les autres, je comprends à quel point nous formions tous les deux une exception et je suis ravagé de regrets de n'avoir pas su la faire durer. Je me rends compte qu'à tes côtés, j'étais dans le sillage de la vérité. Au lit, à table, en voiture, au spectacle, dans un dîner en ville, avec toi, sans m'en rendre compte, je touchais du doigt ma vérité, celle qui aujourd'hui m'échappe lorsque j'essaie de la saisir. Il y a les souvenirs du moulin en Normandie, les années où nous l'avons retapé ensemble. Ensuite, je me souviens des visites de nos amis, le week-end. Nous étions toujours les premiers debout le dimanche pour aller faire notre cross matinal entre les pommiers, le long de la Risle. En rentrant, nous passions par la boulangerie. Angèle s'amusait à nous maquiller avec la farine qui décorait la croûte du pain. Avec le doigt, elle mettait de petites touches là où la transpiration faisait tenir la poudre blanche. Et nous rentrions au moulin, blancs comme des clowns. Ça ressemble à de pauvres cartes postales avec marqué BONHEUR en travers, mais je les aime, parce qu'elles font partie de ma vie. Je dois avoir l'honnêteté de te le dire, je n'ai jamais rien connu de tel, depuis. Il y a peu encore, ces quelques phrases m'auraient fait pleurer. Aujourd'hui, en les écrivant, j'ai les yeux secs et même, je suis fier de pouvoir les énoncer pour toi, te dire en quoi tu m'es irremplaçable. Cependant, je suis toujours incapable de te dire pourquoi je suis parti.

Après une nuit de sueurs froides dans le lit de l'ennemi, le sommeil se refusant à moi, il a fallu se lever et disparaître avant que la mère du petit peintre ne se réveille. J'ai récupéré mon slip perdu dans les plis du dessus de lit, sous le sommier. Mes chaussettes étaient encore humides de la transpiration de la veille au soir. Ça m'a rappelé mon adolescence. J'ai eu droit à une brève tasse de thé au pied du lit, puis il a fallu redescendre l'escalier moquetté de bleu et disparaître sans faire de bruit. En me laissant au coin d'une rue de Pretoria, au milieu de la circulation, il a découvert ses dents pour me sourire et j'ai su que j'avais envie de revenir chez l'ennemi.

À l'hôtel, je me suis installé en terrasse sur le bord de la piscine. Un serveur noir en gilet rayé jaune m'a apporté un jus d'orange et un café. Les haut-parleurs diffusaient de grands airs du répertoire remixés disco et les serveurs balançaient les bras en cadence en passant d'une table à l'autre. Bien sûr, je n'avais qu'une envie, c'était de leur taper dans le dos et de démagogiser avec eux. Et puis, j'ai repensé à la piscine de la nuit précédente, aux algues carnivores qui avaient commencé à l'envahir, je me suis souvenu que j'avais dû pisser par la fenêtre pour ne pas réveiller la vieille, alors j'ai baissé les yeux et je n'ai plus cherché à rencontrer le regard des serveurs. À huit heures précises, la cascade qui alimente la piscine en eau fraîche s'est mise en route. J'avais fini mon café, je suis monté me coucher.

C'est le téléphone qui m'a réveillé. Mon petit peintre m'appelait du journal de droite où il souffrait parfois pour payer ses études. C'était sa pause déjeuner. Il a essayé de me dire quelques mots en français et je n'ai rien compris. Alors, j'ai éclaté de rire. J'ai pris le risque qu'il se vexe et qu'il raccroche et je me suis senti revivre. Il a dit que c'était agréable d'entendre mon rire et puis il m'a demandé quels étaient mes projets. Il souhaitait savoir s'il était prévu à mon programme. Je n'avais fait aucun plan précis. J'avais vidé mon compte en banque, liquidé toutes mes affaires et pris un billet d'avion pour arriver jusque-là, point final. Il m'a dit de quitter ma chambre d'hôtel et de venir m'installer chez lui, il voulait même me présenter à sa mère. Je lui ai demandé de me rappeler.

Je suis descendu jusqu'à la piscine. Le bassin était plein

de couples d'adolescents allemands qui se pelotaient. Je me suis demandé ce qu'ils faisait là en vacances, à leur âge, au prix où sont les billets d'avion pour l'Afrique du Sud. L'instant d'après, je me suis dit que j'étais vraiment un vieux con. Depuis le bassin, j'ai observé la terrasse. Aucune des personnes présentes sous les parasols n'aurait osé paraître habillée de la sorte dans son propre pays. Ces tenues, exclusivement vouées aux vacances, ajoutaient à l'artifice de l'endroit. Il y avait là un paquet de retraités, un ou deux couples d'intellectuels qui voudraient voyager plus intelligemment que les autres, c'est-à-dire qu'ils planquent leur appareil photo dans une sacoche au lieu de le trimballer en bandoulière, et portent des bermudas de lin clair à la place des shorts cyclistes en Lycra moulant rose et vert, mais en attendant de découvrir la vérité vraie du pays, celles qu'ils connaissent déjà parce qu'ils l'ont lue dans les livres avant de venir, ils s'installent en terrasse et se gavent de fruits exotiques comme n'importe quel charcutier en vacances. Il y avait aussi un capitaliste qui venait se refaire une santé dans le seul pays propre et civilisé d'Afrique, après avoir signé un gros contrat sur le dos du Tiers Monde, et qui partait le lendemain en safari d'où il rapporterait un paquet de photos que sa jeune épouse ferait tourner au moment du café, dans les dîners de l'hiver européen, et personne n'oserait dire qu'on peut voir les mêmes lions au zoo voisin. Et moi, j'étais là, le seul vieux dans ce bassin peuplé de murènes adolescentes, sans projets précis, seulement conscient de ce que je cherchais à fuir. Un jeune Teuton a claqué des doigts de façon arrogante pour procurer un rafraîchissement à sa Gretchen. Le serveur au gilet rayé s'est approché en se balançant légèrement sur le rythme du *medley* symphonique de Mort Shuman. Je suis allé me réfugier derrière la cascade.

Séparé du monde par un rideau bruissant, j'ai pensé à mon petit peintre. J'aurais pu être son père, nous avions chacun l'âge pour ça, la question était de savoir s'il était plus jeune ou plus vieux que mon fils. Je dirais un tout petit peu plus âgé mais je n'en suis pas sûr, je n'ai jamais voulu lui demander son âge et il ne m'a pas demandé le mien. Bref, il aurait été normal que ce soit moi qui l'invite dans ma chambre d'hôtel et à profiter de la piscine et du sauna.

J'ai pensé à Giuseppe. Une fois de plus, je me suis refait toute l'histoire dans ma tête. Le plafond de la chambre, d'abord. Quand les tests de grossesse ont été catégoriques, j'ai tout de suite peint le plafond de sa chambre en bleu. L'azur gouvernait son lit. Il aurait pu être astronaute ou aviateur. Et puis, il y a la peur. Il me suffit de repenser à la maternité pour ressentir la terreur, palpable, au fond de mon ventre, cette crampe qui ne m'a quitté que le jour où j'ai abandonné ma femme, mon fils et ma maison. J'avais mis le prix pour les fleurs mais je ne savais pas comment les porter. Je pense que ma façon de les poser sur le lit ressemblait à un dépôt de gerbe au monument aux morts. Au téléphone, on m'avait confirmé : sexe masculin. J'ai vu un petit animal rose dans le berceau en Plexiglas transparent. Il reposait sur un linge jaune pâle, c'était mon fils. L'infirmière me l'a mis dans les mains. C'était chaud et agréable. J'ai senti sa respiration gonfler la peau violette. Et je suis ressorti de la chambre sans m'être préoccupé de trouver un vase pour mes fleurs. J'avais été incapable de toucher la mère de mon fils, même du bout des doigts.

J'ai refait le film de ma fuite, aussi. Le jour où j'ai quitté la maison, un orage très violent a éclaté. Tu t'en souviens sûrement, j'étais arrivé chez toi en te disant que je voulais essayer de naître une deuxième fois, entre tes bras. Je me serrais contre toi dans le lit à chaque coup de tonnerre. Des éclairs sont tombés sur la flèche de l'église, juste à côté de chez toi. À chaque déflagration, les vitres tremblaient. Je pensais que, si elles éclataient, l'eau pénétrerait à grands flots sur le lit. J'avais peur de me noyer. Claudia était seule. Elle regardait «La Piste aux étoiles» à la télévision quand la foudre est tombée sur l'immeuble. Le poste a implosé et des trombes d'eau se sont abattues dans la cuisine par la cheminée de la chaudière. Le lendemain, en passant à la maison chercher une valise, j'ai trouvé la porte ouverte et le sol inondé. La télé fondue gisait au milieu d'un rond de parquet calciné. Quand Giuseppe est revenu de vacances, son père avait disparu et sa mère avait le visage enveloppé de bandelettes. J'ai fait l'inventaire de toutes les catastrophes que j'ai provoquées dans la vie de Giuseppe. J'étais certain qu'il ne pouvait pas être comme ces petits cons d'Allemands qui se prenaient pour des dauphins. Je ne l'avais pas vu depuis des années, mais il ne pouvait pas être comme eux. Là, je me suis demandé s'il fallait vraiment s'en réjouir ou si, après tout, mon fils n'aurait pas dû avoir le droit d'être comme les autres, juste un peu, s'il avait voulu.

Un couple d'ados a traversé la cascade, cherchant un peu

d'intimité. Le petit blond avait l'air très excité, il saisissait les seins de sa Frieda à pleines mains, essayant de faire glisser les bretelles de son maillot pour libérer son énorme poitrine. Il se sentait à l'abri des regards, pour un peu, il aurait également fait glisser son maillot à lui, sans se soucier le moins du monde de ma présence. Pourtant la Frieda lui faisait de grands signes de tête pour me désigner et elle émettait de petits gloussements exaspérés, dans la mesure où la langue de son petit taureau, qui s'appliquait à lui racler le fond de la gorge, lui en laissait le loisir. Cette jeunesse, sûre de son bon droit jusque dans son obscénité, me donnait envie de vomir. Je les ai laissés se lécher et je suis ressorti de derrière la cascade. J'étais bien décidé à retourner camper dans le lit de mon petit peintre. Bien sûr, j'aurais pu être son père, mais il n'était pas mon fils. J'ai repensé à son corps, à la nuit, à sa chambre au-dessus du monde. Je suis passé à la réception pour solder mon compte. J'étais en maillot de bain et je m'égouttais sur la moquette pendant que le réceptionniste essayait de faire fonctionner son ordinateur. Mon ventre touchait le comptoir, mes poils frisaient en laissant la voie libre aux gouttelettes d'eau. Je me sentais libre comme je ne l'avais pas été depuis longtemps.

Je suis sorti en ville pour rester curieux, plus par principe que par envie. Pretoria est une ville laide, blanche et sans intérêt. Dans la rue, tu ne croises presque pas de Noirs, sauf du côté de la gare, sur le terrain vague boueux qui n'a jamais été goudronné. Aux espaces verts désespérément ordonnés et couverts de gazon succèdent des centres commerciaux flambant neufs. Si tu pénètres dans ces palais du commerce, tu trouves deux ou trois café sinistres, tous sous lumière artificielle, avec plantes artificielles, elles aussi, un complexe cinématographique pour films américains ou superproductions françaises genre *Camille Claudel* ou les films de Claude Berri, qui, ici, passent pour de l'Art et Essai. Le reste de l'espace est occupé par des boutiques offrant des montres fluo, des gadgets de mauvais goût à prétention humoristique et des vêtements standardisés World Company of Youth Clothing qui te déclinent le jean sous toutes ses formes, des pieds à la tête. Oui, tu es bien en Afrique, entouré de *Whities* qui s'emmerdent en rêvant de l'Europe et en copiant l'Amérique. Un petit gosse noir reprend son dû, il tire le sac à main d'une vieille face de parchemin blanchâtre. Elle se met à hurler, après tout ce qu'on a fait pour eux, voilà comment ils nous remercient. Au moment même où te vient la pensée que le petit Noir a bien fait, tu te surprends à mettre la main à ta poche pour vérifier que ton portefeuille est toujours là, parce que, toi aussi, tout Européen et de gauche que tu sois, tu n'en as pas moins une gueule de Blanc. Et là, tu sais que tu es en Afrique.

Il n'y a qu'un endroit magnifique à Pretoria. C'est une sorte de canal qui sert sans doute de trop-plein aux égouts. Presque sans t'en apercevoir, tu passes sur un pont dont les balustrades sont peintes en blanc. Les gros blocs de béton font penser à l'architecture balnéaire des années 30-40, comme dans les piscines Pontoise ou Molitor. En dessous du pont coule un filet d'eau malodorante encaissé dans des berges. Le canal est bordé, sur l'une de ses rives, par de très hauts cocotiers. Ce qui est beau, ce sont les troncs qui ont la forme de fuseaux de dentellière dont une partie est peinte en blanc, comme les platanes qui bordent la nationale vers Pont-Saint-Esprit. Tu sais, les cocotiers poussent très haut, et seule leur cime est garnie de feuilles, on dirait qu'ils vont chercher les rayons du soleil plus haut que les autres arbres. C'est superbe, ces fûts de cocotiers qui surgissent d'un petit ruisseau fétide en pleine ville. Je suis resté là un moment à m'imprégner de l'étrange beauté de l'endroit et un petit attroupement de Noirs s'est créé autour de moi. Évidemment, j'ai pris peur, mais j'ai essayé de ne pas le montrer. Mais qu'est-ce qu'ils me voulaient ? Aujourd'hui, je pense que le simple fait de voir un Blanc perdu dans la contemplation d'une rigole d'eau usée était, en soi, un spectacle insolite. C'était, je crois, la seule raison de cet attroupement. Mais je n'ai pas cherché à savoir et je suis rentré à l'hôtel sans demander mon reste. Pas une seule fois je ne me suis retourné. Mais je ne pouvais m'empêcher d'imaginer leur présence dans mon dos et, si j'évitais de courir, je marchais le plus vite possible.

Je viens de faire une petite pause. Je me suis levé et j'ai touché les parois de pierre autour de moi. Bêtement, j'y cherchais un peu de vérité, comme un repère au milieu de ce que je suis en train de t'écrire, et leur fraîcheur m'a rassuré. J'ai prolongé un peu le contact rugueux de la pierre avec ma peau et j'ai ressenti le poids de tout mon corps contre l'air qui m'entourait.

Depuis mon arrivée en Afrique, la vérité est toujours au centre de mes pensées, comme s'il s'agissait de rattraper le temps perdu pendant mes dernières années à Paris. Aujourd'hui, je suis persuadé qu'elle a besoin de douceur pour s'épanouir, que je ne peux l'atteindre que dans les replis du cocon intime d'une histoire d'amour ou bien alors comme ici, dans les entrailles accueillantes d'une falaise. À cause de l'intimité qui subsiste lorsque je m'adresse à toi, je peux te donner une version des faits qui s'approche de la vérité. Si je cherchais à t'expliquer comment j'ai atterri ici, j'aimerais prétendre que j'ai choisi de vivre dans un pays noir plutôt que dans la blanche Afrique du Sud voisine. Cela ressemblerait à un acte politique, ce serait flatteur, mais ce ne serait pas la vérité, celle que je te dois et qu'ici, seul face à moi-même mais protégé par des millénaires de sédiments, je peux formuler.

La vie m'est plus confortable ici que dans le cloaque racial irrespirable qu'ont créé les Blancs en Afrique du Sud. J'ai choisi de vivre dans un pays de montagnes, à l'abri du monde, loin de l'atmosphère fascisante de nos proches voisins. Je suis ici comme dans un sanatorium de la pensée. Tu vois, je ne peux prétendre avoir épousé la cause des Noirs. De toute façon, à voir s'agiter les Blancs hystériques qui se battent pour le bonheur des Noirs, je me dis que je préfère ne pas leur ressembler. Tous les staliniens de la différence, de la tolérance et de la culture mondialiste m'effraient en ce qu'ils restent avant tout staliniens. Et ça, le stalinisme, c'est comme un tatouage, tu as beau virer trois fois de bord à droite dans tes années d'embourgeoisement, tu restes stalinien à vie.

Si je veux être honnête, je dois avouer qu'il m'arrive aussi de jouer les bonnes sœurs laïques. Je voudrais bien croire parfois à mon immense générosité, à ma grande capacité à m'intéresser aux autres. Ce qui m'atteint dans le fascisme des Boers, c'est leur morale étouffante et réactionnaire. C'est cela qui me met en danger moi, homosexuel, plutôt que leur attitude à l'égard des Noirs. Et pourtant, tu ne peux savoir à quel point, face à cette oppression, tu te sens solidaire des Noirs qui en sont aussi les victimes. Je suis arrivé dans ce pays et j'ai compris que j'étais moi-même dans le camp de l'opprimé. Cela aussi, je ne peux le dire qu'à toi.

Jacques, ça ne s'explique pas, m'adresser à toi m'oblige à mettre de l'ordre dans mes pensées, comme on prend la peine de se laver et d'enfiler des habits propres, le dimanche, pour rendre visite à la famille. Là d'où je viens, c'est toi. Je ne m'explique toujours pas pourquoi j'ai brusquement mis fin à notre histoire d'amour mais aujourd'hui, je suis sûr que je suis venu jusqu'ici dans le seul but de le découvrir.

À Pretoria, j'étais invité au vernissage de peintres de Soweto, organisé par l'Alliance française. J'ai fait le tour de la salle et je me suis arrêté devant chaque toile. Je ne savais pas quoi en penser. Je ne sais surtout pas ce que j'en aurais pensé si j'avais ignoré qu'elles sortaient de Soweto. J'aurais voulu que tu voies ces peintures. Je crois que ce soir-là je ne pensais rien de ces peintures parce qu'elles ne me faisaient rien, c'est aussi bête que ça. Ensuite, quand j'ai considéré que j'avais consacré assez de temps aux tableaux, j'ai commencé à me demander qui pouvait être le directeur, que je devais saluer. J'ai dévisagé toute l'assemblée. L'ambiance était détendue, conviviale. Inutile de surveiller son portefeuille. Les Noirs qui étaient là, invités à exposer dans un cercle de Blancs qui leur voulaient du bien, n'allaient pas s'amuser à faire les sacs à main et les portefeuilles. Le lendemain, chacun, dans la rue, reprendrait ses habitudes, mais pour le moment, on se laissait aller à copiner sans danger, on buvait du vin à la tirette.

Ne trouvant pas mon homme, j'ai demandé au hasard à un mec qui me paraissait sympathique de m'indiquer le directeur, et c'était lui. Je m'attendais à trouver à l'Alliance française une bande de vieilles filles un peu scoutes dirigées par un fonctionnaire vieillissant et conservateur. L'homme qui me faisait face était nettement plus jeune que moi. Ç'aurait pu être mon beau-frère — tu sais, un mec sympa avec qui tu fais cuire les brochettes, le dimanche, à la campagne, pendant que ta sœur couche son petit dernier pour la sieste. Tout de suite, il m'a présenté à sa compagne, c'est ainsi qu'il l'a nommée. Presque immédiatement, elle m'a demandé ce que je pensais des Afrikaners et nous sommes sortis tous les deux sous la véranda pour hurler contre eux. Dans le pays depuis une petite année, elle avait le sentiment d'étouffer. Alors, nous avons déchargé ensemble notre trop-plein de colère contre les Boers.

Au restaurant, en plus du couple de l'Alliance française, il y avait un de leurs collaborateurs assez réac, qui défendait les Afrikaners, et le responsable de l'atelier des peintres de Soweto, qui est noir. Moi, j'essayais d'accélérer le mouvement parce que j'avais rendez-vous à onze heures avec mon petit peintre et que je ne voulais pas être en retard. Je dois avouer que j'étais assez impatient de le revoir. J'étais assis en face de l'homme noir et nous nous regardions droit dans les yeux en souriant. Nous étions aussi puérilement amusés l'un que l'autre par la façon dont nous parvenions à soutenir nos regards sans ciller avec une nuance d'interrogation. Nous avons commencé à parler par phrases courtes et nous nous touchions les mains par-dessus la table chaque fois que nous étions d'accord, ce qui arrivait souvent. Je ne connaissais cet homme ni d'Ève ni d'Adam et nous ne cessions de nous découvrir des points communs. Nous avons immédiatement parlé de choses essentielles. Jacques, j'espère que tu comprendras ce que je vais t'expliquer. Dans la rencontre avec cet homme, qui était un rapport de séduction fulgurant, il n'y avait, tu peux me croire, rien de sexuel. Au contraire, je découvrais avec émotion une forme de fraternité entre hommes dont j'avais toujours été exclu, ou dont je m'étais toujours exclu. Face à lui, je me sentais, comme ça ne m'était jamais arrivé depuis que j'ai quitté Claudia, profondément hétérosexuel. J'ai imaginé que chacun partirait de son côté vivre son intimité amoureuse en compagnie d'une femme. Ça ne s'explique pas, je ne savais pas que ça pourrait encore m'arriver, pas plus que je ne savais que deux hommes pouvaient vivre un quotidien de couple amoureux avant que nous le vivions.

Les plats sont arrivés et mon nouvel ami a réclamé du riz avec sa cassolette d'escargots. Le maître d'hôtel a failli s'étouffer, l'a fait répéter trois fois comme s'il ne comprenait pas son accent, mais il lui a apporté son riz. Alors, l'homme a tendu ses couverts au serveur qui les a emportés, un peu interloqué. Avec ses doigts, il a enroulé ses escargots dans des boulettes de riz qu'il a arrondies dans ses paumes avant de les tremper dans la sauce et de les porter à sa bouche. En le voyant faire, tu en venais à ne plus savoir comment utiliser tes couverts, avec quelle main tenir la fourchette.

Le jeune collaborateur de l'Alliance française a commencé à pérorer sur la situation politique du pays en tenant des propos très réactionnaires, très « conservateur » comme ils disent ici, ce qui, en clair, veut dire facho. La compagne du directeur l'a mouché et, d'une conversation très animée, on est vite venu à l'engueulade en bonne et due forme. Pendant ce temps, mon petit Boer devait déjà m'attendre dans sa voiture pour m'emmener dans sa banlieue résidentielle blanche. Il était temps de filer.

Quand j'ai quitté la table en m'excusant de partir si vite, l'homme noir s'est levé. Il m'a fait remarquer que je ne lui avais pas demandé pourquoi il avait deux crayons à papier plantés dans les cheveux. J'avais en effet remarqué ces deux crayons croisés qui ornaient sa tête mais je n'avais rien osé demander. Tu sais, cette tendance à la discrétion extrême, à l'étranger, genre : tout est normal quoi qu'il arrive, s'il mange avec ses pieds, pas de problème, c'est sa culture sûrement, il ne faut pas donner l'impression de s'intéresser à lui comme un anthropologue devant un indigène. Donc, j'avais fait celui qui ne remarque rien. L'homme m'a expliqué qu'il les portait en souvenir de ses parents. À leur époque, le crayon était l'un des moyens utilisés pour différencier les *White*, les *Coloured* et les *Black*, en cas de doute ou de délation sur les origines ethniques d'un individu. On le passait dans les cheveux, et le fait qu'il tienne ou qu'il glisse désignait les *Coloured* et les *Black* aux cheveux crépus et les *White* aux cheveux lisses. Le crayon servait à établir le degré de métissage. C'est ainsi que son père avait été obligé d'aller vivre dans un township parce qu'il était 07 (*Black*) alors que l'un de ses cousins avait été déclaré *Coloured* et avait pu rester vivre en ville, pour une histoire de cheveux. L'homme m'a serré contre lui, comme si nous ne devions jamais nous revoir, comme si c'était un accident dans le déroulement de nos vies qui ne se produirait pas deux fois.

La compagne du directeur m'a conduit à mon lieu de rendez-vous, mes valises ont changé de coffre. Nous nous sommes embrassés et j'ai regardé les feux arrière de sa voiture disparaître au carrefour. Je me suis assis à côté du petit peintre, je l'ai regardé et j'ai regretté d'avoir abrégé ma soirée. Il m'a souri, a enfoncé une cassette dans le lecteur, puis il a démarré.

Un camion qui passe sur la route m'a fait lever le nez. C'est rare à cette heure-ci d'entendre du bruit qui monte du village, en contrebas. Peut-être est-ce le vent qui souffle dans ma direction et m'apporte les bruits de la plaine. Demain, j'aurai de la pluie. D'habitude, à cette heure, je dors déjà depuis longtemps. J'espère que la petite bonbonne de gaz me fournira de la lumière jusqu'à la fin de ma lettre. Sinon, après, il y a encore la bougie et puis, au-delà, plus rien, sinon l'aube qui finira bien par arriver. Tu sais, je suis à peu près à la verticale de la France et il n'y a presque pas de décalage horaire entre nos deux vies. Une heure peut-être, si l'heure d'hiver existe encore là-bas, mais c'est tout. Que tu sois à Paris ou au moulin, en Normandie, chez toi aussi, en ce moment, c'est le soir. Je ne sais pas à quoi ressemblent tes nuits mais je sais que, bien souvent, nous sommes allongés pour dormir aux mêmes heures. Jacques, s'il te plaît, ne me dis pas à quoi ressemblent tes nuits aujourd'hui, je préfère me souvenir de la douceur des draps sur ma peau quand nous dormions l'un contre l'autre.

Je pensais que nous allions rentrer dans sa banlieue mais il était trop tôt encore, sa mère ne se serait sûrement pas déjà endormie devant la télé avant de se réveiller pour aller se coucher dans son lit. Nous avons donc entrepris la tournée des bars. Il y avait des bars de pédés remplis de *cattlekeepers* ronds et blonds, des bars d'artistes avec des jeunes gens aux cheveux longs très soignés. À chaque fois que nous franchissions la porte de l'un de ces endroits, le petit peintre disait : « Ah, si seulement nous étions au Cap, nous pourrions sortir vraiment ou alors, au moins il faudrait que nous allions à Johannesburg. » Moi, j'étais énervé, je n'avais aucune envie de faire la tournée des bars, j'étais seulement venu pour coucher avec lui. Mais j'ai tout de même proposé d'aller à Johannesburg, ce n'est qu'à une demi-heure de Pretoria par l'autoroute. Il avait peur de se faire voler sa voiture si nous allions là-bas, alors nous sommes restés à Pretoria la blanche où il n'y avait rien à faire.

À un moment, je suis resté en suspens, ma canette de bière américaine à la main, en me demandant ce que faisaient les gens au même moment à Mamelodi ou à Soshanguve, les townships à l'extérieur de Pretoria. Il devaient boire de la Castle ou de la Lion, la bière locale, au lieu de la Black Label que je tenais à la main, mais finalement, ils attendaient, comme ici, que le temps passe. Peut-être même attendaient-ils que les parents ronflent profondément dans leur coin pour pouvoir baiser leur fiancée, leur femme ou leur amant, dans la grande pièce commune où tout le monde dort? J'ai jeté un œil aux visages qui peuplaient le bar. Ici, chez les artistes, tout le monde avait entre vingt et trente ans, je faisais figure d'ancêtre. J'ai détaillé tous ces visages jeunes autour de moi et je n'ai croisé que des regards perdus, noyés d'alcool. Le seul moment où les physionomies changeaient, c'était lorsque l'un d'eux parlait de l'Europe ou des États-Unis.

J'ai préféré reprendre une bière plutôt que de m'énerver. J'étais venu pour baiser. L'odeur de la chair fraîche fait parfois passer l'amertume et je préférais me concentrer sur mon plaisir immédiat plutôt que de voir que j'appareillais pour une croisière qui promettait d'être vraiment glauque. Après beaucoup d'alcool, la langue lourde, nous avons repris le chemin de la banlieue blanche.

Mon petit peintre est parti en éclaireur et je suis resté seul dans la voiture. J'ai pensé qu'il était encore temps de sortir, de prendre mes deux valises dans le coffre et de filer sur la route par laquelle nous étions arrivés. Mais nous étions loin de tout, à plusieurs kilomètres du centre-ville, et je n'avais pu repérer aucun des deux trajets différents que la voiture avait empruntés la veille et ce jour-là pour arriver jusqu'à la maison. Je ne savais pas où j'étais, il était tard et une pluie fine avait recommencé à tomber. Je suis resté à l'abri dans la voiture.

Finalement, la voie était libre, nous sommes montés. En arrivant dans la chambre, il a planqué les deux valises dans la penderie et a allumé une cigarette tout en commençant à se déshabiller. Très vite, il s'est débarrassé de ses vêtements, il était nu avec sa cigarette en main. D'un point de vue strictement sexuel, la première nuit n'avait pas été exceptionnelle, j'attendais donc beaucoup de la deuxième, on en était encore au potentiel de l'amour, c'est ce que je m'étais dit le matin même en récupérant mon slip sous le lit. Et voilà que mon petit peintre était prêt pour la deuxième nuit tandis que je restais habillé à détailler les murs. J'ai remarqué quelques toiles, ses œuvres, sûrement. Une fois de plus, je ne savais pas quoi en penser mais, ce que je savais, c'est que je n'étais pas là pour trouver ça moche. Parmi les disques, j'ai trouvé un compact de Lucienne Boyer. J'ai appuyé sur la touche PLAY. Après quelques gargouillements électroniques, Lucienne a réclamé qu'on lui parle d'amour. Je me suis déshabillé et j'ai rejoint l'artiste au lit.

La deuxième nuit fut sans surprise, ratée, avec en plus une certaine agressivité qui commençait à pointer de part et d'autre. Tu sais, j'ai cette perversion de penser que si une histoire se révèle catastrophique au lit, c'est qu'il y a forcément beaucoup d'amour. Malheureusement, il s'agit juste d'un ratage, rien de plus, on ne savait pas avant d'essayer, ça n'a rien à voir avec l'amour. Parfois l'ennui suffit, en lui-même, à s'enferrer dans une histoire sans trouver les ressources pour en sortir. L'ennui paralyse. Cette nuit-là non plus, je n'ai pas dormi, mais cette fois, je n'avais pas de fièvre. Accroupi devant la fenêtre, je frissonnais en regardant la piscine. Un petit vent frais s'était levé. J'ai fini par remettre mon slip et passer un tee-shirt. Il n'était pas à moi et l'odeur sucrée du petit peintre, en se déposant sur ma peau, m'a fait mollir un peu. Je me suis assis dos au mur, j'étais en colère contre moi-même, malheureux, perdu. À ce moment-là, tu sais, je me suis vraiment senti au bout du monde. Ça fait encore partie des choses inexplicables, à ce moment précis, j'ai pensé à mes parents. J'aurais voulu aller voir mon père et lui dire que j'étais dans la merde, lui demander ce qu'il pouvait faire pour moi. Arriver chez eux et que ma mère me dise de m'asseoir pour dîner, sans poser de questions, en prenant simplement une assiette supplémentaire dans le buffet pour me servir la soupe. Tu le sais mieux que moi, plus tu vieillis, plus tu t'éloignes de l'enfance et plus cette sorte de fantasme fait mal. Pourtant, j'y ai trouvé un peu de force. Je me suis levé comme un somnambule, j'ai marché jusqu'à la penderie, et, de la valise que tu m'avais rapportée de Moscou, j'ai sorti une petite pochette carrée en cuir. Je l'avais emportée à tout hasard et voici qu'aujourd'hui, à cause d'elle, je suis ici, au Lesotho.

J'ai étalé les papiers sur la moquette bleue. La lune était presque pleine, elle éclairait le jardin. Du lit provenait la respiration régulière du petit peintre avec, de temps en temps, un jappement bref de chiot affolé. Il y avait une bougie sur la table basse, je l'ai allumée. Ce sont d'abord les noms qui m'ont fait du bien. Maseru, Morija, Masitise, trois M. Ça m'a rappelé l'école, quand on *faisait* l'Afrique, on nous apprenait le mil et le sorgho. Je me souviens que j'adorais ces mots, surtout le mil, je l'entendais avec l'accent africain, tu sais, un petit *i* tout pointu entre deux consonnes rondes et généreuses. Maseru, Morija, Masitise, mon itinéraire était tracé. Je me suis senti moins seul, je suis retourné me coucher en me serrant une dernière fois contre la peau tiède de mon ennemi. Je changeais de camp. On m'avait dit que, là-bas, c'était l'Afrique noire.

Le matin, la vieille dormait encore quand mon petit peintre m'a réveillé. Il m'a dit que si je me dépêchais, je pouvais prendre une douche avant qu'elle se lève. Je dis la vieille parce qu'il me plaisait de l'imaginer impotente et débile mais elle avait peut-être mon âge. En tout état de cause, il valait mieux que je ne la rencontre pas. La veille, j'étais allé à toutes les réjouissances dont je t'ai parlé, pas lavé après une nuit dans le lit du petit peintre et là, j'étais vraiment content de pouvoir me doucher. Lorsque j'ai franchi le rideau de douche pour pénétrer dans le réduit en béton lézardé incrusté d'éclats de mica, j'ai tourné le robinet d'eau chaude et les murs se sont mis à vibrer avec un bruit de marteau-piqueur. J'ai immédiatement coupé l'eau et le bruit a cessé. Seul le robinet d'eau froide voulait bien s'ouvrir en silence, j'ai donc pris une douche glacée. En ressortant, je craignais d'avoir réveillé la vieille avec mes effractions de tuyauterie, et j'ai rasé les murs jusqu'à la chambre.

Je me suis retrouvé dans le centre de Pretoria à sept heures et demie, le matin, sous la pluie. En claquant la portière de la voiture, j'ai souhaité une bonne journée au petit peintre, je lui ai dit que je serais de retour quelques jours plus tard. Il m'a répondu qu'il allait commencer à regarder les annonces pour un appartement. J'ai compris que je ne reviendrais pas. À cinq minutes près, j'ai raté la navette pour l'aéroport. Je n'avais plus qu'à tuer le temps jusqu'à midi. J'avais encore besoin de me gaver d'images, j'ai marché jusqu'au musée en traînant ma valise. Te rappelles-tu ce tableau que nous avions découvert dans un livre, chez des amis à toi, aux Saintes-Marie-de-la-Mer ? Il représente une vieille femme noire assise avec une bassine sur les genoux, un couteau à la main. Je me souvenais qu'il était conservé à Pretoria et j'ai voulu le voir. J'ai fait le tour du musée sans trouver la toile. J'ai fait appeler la conservatrice, elle m'a dit qu'il était impossible de la voir, qu'elle appartenait effectivement à leur collection permanente mais qu'elle était stockée en réserve. Je lui ai dit que je venais de loin, elle m'a proposé d'acheter un cliché en noir et blanc. Je l'ai toujours, il est accroché dans la cuisine. Parfois, quand j'épluche des légumes, je fais un clin d'œil à cette vieille femme.

Quand le petit zinc a enfin décollé, les tôles se sont mises à vibrer. Le ciel était encombré de gros nuages contre lesquels butaient les hélices. Ma voisine, qui rentrait dans son pays après un séjour à Paris, comme en témoignait sa broche en forme de tour Eiffel incrustée de strass, était terrifiée par les trous d'air. Elle hésitait entre se tasser contre la vitre et se coller à moi.

À l'arrivée, j'ai dû négocier un visa provisoire avec une femme douanier pas commode. Ensuite, je suis allé louer une petite voiture rouge et je suis sorti. Dès l'instant où j'ai posé le pied sur cette terre, la beauté du paysage m'a envahi, j'ai senti comme un appel, quelque chose que je ne connaissais pas mais qui ressemblait à l'esprit de famille. J'étais sur un sol où mes ancêtres avaient marché, une terre qu'ils avaient dû aimer au-delà de toute mesure.

J'ai traversé un pays de montagnes usées, rougeâtres, et de hauts plateaux verdoyants. De chaque côté de la route, des colonnes d'hommes, de femmes et d'enfants avançaient lentement. Parfois, je dépassais un homme à cheval, protégé du soleil par une grande couverture colorée et un chapeau pointu. De petits enfants menaient les troupeaux sur le bord de la route. En traversant les villages à l'heure du marché, j'ai dû éviter les ânes, les étals de légumes, les sacs de riz, les groupes de piétons qui marchaient au milieu de la chaussée et les camions garés dans tous les sens. Ça me plaisait, j'avais tout mon temps, je me sentais vivant comme jamais. Je me suis arrêté dans une gargote peinte en jaune et bleu, couverte d'enseignes Coca-Cola, et j'ai acheté des sandwiches. Tout le monde m'a dévisagé comme un intrus et j'ai aimé ça. Dehors, les poules picoraient la poussière au pied d'une vieille pompe à essence rouillée. J'ai mordu dans le pain mou décoré de fromage râpé. J'avais l'impression de faire un festin.

La nuit est bien avancée maintenant, et la flamme du Lumigaz est très faible, la cartouche sera bientôt vide. Je viens de sortir faire quelques pas sur la terrasse. Il fait froid et humide. Le ciel est bouché par les nuages, la nuit est noire et effrayante d'opacité. Je voudrais avoir un petit garçon à côté de moi, qui aurait un peu peur la nuit et que je devrais rassurer. Ça m'obligerait à oublier ma propre peur. À force d'inventer des histoires merveilleuses pour qu'il se rendorme, je finirais moi-même par y croire. Et je n'ai, je crois, jamais raconté d'histoires à Giuseppe.

Jacques, je dois te le dire, j'ai reçu une lettre terrifiante. Après des années de silence, mon fils m'a écrit. Je n'ai même pas reconnu l'écriture sur l'enveloppe, ce n'est qu'en lisant le mot « papa », coincé entre deux virgules, que mes yeux se sont remplis de larmes. La dernière fois que j'ai vu Giuseppe, c'était quelques mois seulement après t'avoir quitté. Entre deux bouchées de pizza, il m'a annoncé que nous n'allions plus nous voir, parce que nous n'avions plus rien à nous dire. Il m'a embrassé rapidement sur les deux joues en partant. Ses lèvres étaient froides, il semblait loin de moi déjà. Je l'ai regardé s'éloigner. Il a traversé la place des Innocents d'un pas égal. Il a contourné la fontaine et là, bêtement, j'ai espéré qu'il se retournerait. Mais je n'ai pu voir que son dos. Il a franchi une rangée d'arbres pour disparaître dans l'obscurité.

Si tu as vu Giuseppe récemment, tu connais son état. Il devrait arriver dans les jours qui viennent, et, si je me fie à sa lettre, l'Afrique sera sa dernière demeure, il ne rentrera pas vivant en Europe. Il me dit que ses jambes sont déjà paralysées, et qu'il a souvent du mal à parler. Jacques, j'étais presque parvenu, depuis mon arrivée ici, à évacuer la peur de ma vie et voilà, depuis que j'ai reçu cette lettre de mon fils, je meurs de trouille. Je ne pense plus qu'à la maladie et à la mort. Je me vois pousser mon fils dans un fauteuil roulant sur les crêtes des plus hautes montagnes d'Afrique, pour donner à sa fin inéluctable des couleurs et des images.

Te souviens-tu ? Sur la plage de Trouville, autrefois, la nuit, une vieille femme poussait un jeune homme à la limite des vagues. Les soirs de pleine lune, on les apercevait. Il paraît qu'ils ne sortaient pas de tout le jour. La femme portait un châle rouge par-dessus sa chemise de nuit. Le jeune homme souffrait de convulsions. Régulièrement, on voyait son corps se tendre pour se bloquer tout raide en travers du fauteuil. Cela stoppait leur progression, la femme était obligée de le remettre en place. Elle faisait le tour du fauteuil et le tirait par les pieds pour l'asseoir dans le sens de la marche. Le jeune homme émettait alors des gémissements de chiot abandonné. À cause de ses appels déchirants, on les appelait la Caravane des Chiens. Quand la vieille est morte, le jeune homme est resté couché sur sa tombe à hurler jour et nuit. Le matin du troisième jour, quand la lune s'est couchée, il était mort. Le gardien du cimetière a dit qu'il avait l'air enfin détendu. Son visage portait le sourire radieux d'un homme libre.

Le soir où tu es revenu de l'enterrement de ta mère, après avoir dîné aux Vapeurs, nous avons marché main dans la main le long de la mer. Tu étais perdu comme un enfant au milieu d'un supermarché. Je regardais les haut-parleurs de la plage, suspendus à leurs mâts de cocagne blancs. Dans le silence de la nuit, j'espérais un appel. Mais la maman du petit Jacques ne l'attendait plus ni au rayon frivolités ni ailleurs. Nous nous sommes assis sur les planches devant une cabine fermée, tassés l'un contre l'autre comme deux gamins de Dickens. La Caravane des Chiens est passée devant nous. Des ampoules de couleur se sont allumées. Un orchestre de baladins est venu souffler son air d'accordéon et la pluie est tombée, fine et tiède.

À quoi ressemblera l'arrivée de mon fils et son départ ? Jacques, j'ai tellement peur, je voudrais croire que Giuseppe va arriver en pleine forme, j'aimerais avoir mal compris. Mais ce n'est même pas une confirmation que je te demande.

Jacques, c'était il y a longtemps, nous deux. Le temps a effacé de ma mémoire l'image précise de ton visage. Aujourd'hui, si j'essaie de me concentrer et de penser à toi, tes traits se composent de tous les détails qui me plaisent le plus chez un homme, mais je sais que ça ne te ressemble pas particulièrement. En revanche, j'ai le souvenir net et précis de tes fesses. Si j'ouvre les mains devant moi, je retrouve instantanément leur rondeur et la douceur des poils qui les assombrissent. Jacques, je suis seul avec ma peur et tu me manques atrocement.

Ton Paul.

1860-1880
JOURNAL D'EMMA

À bord du *John Williams*, 24 novembre 1860.

J'ai laissé David-Frédéric au salon à l'instant et je me retire dans notre cabine pour coucher sur le papier l'intimité de mon cœur. La société nous a réservé un logement matrimonial du fait de notre récent mariage. C'est vraiment une très gentille attention. Nous avons une grande cabine sobre mais confortable, toute tapissée de bois avec un beau hublot en cuivre.

Christine M. loge dans la même coursive que nous mais, étant célibataire, elle partage sa cabine avec une autre jeune femme, du Banc de la Roche, je crois. Nous nous sommes rencontrées, Christine et moi, il y a peu de temps et déjà nous avons comme une histoire en commun. Je me sens sa sœur. La première fois que j'ai vu Christine, c'était le 4 novembre, à l'Oratoire, à la consécration de David-Frédéric. Le pasteur C. nous a présentées l'une à l'autre et j'ai lu, dans le regard de cet homme bon et sage, le bonheur de faire naître à coup sûr une amitié durable. Cela fait à peine trois semaines, et depuis notre rencontre, nous

nous sommes vues presque tous les jours. Nous avions pour
prétexte les préparatifs du voyage, ce qui ne nous a jamais
empêchées de placer nos rendez-vous sous le signe de l'affection et du plaisir que nous avions à nous retrouver. Lorsque nous en étions à prévoir notre garde-robe, Christine
m'a beaucoup aidée. Elle est plus portée que je ne le suis
sur la frivolité et cela m'est d'un grand secours. Ma chère
Anna est irremplaçable dans mon cœur, mais Christine
me prodigue les conseils que celle-ci me serinait avant que
mon mariage avec David-Frédéric ne m'éloigne de Mulhouse et de ma petite sœur.

Christine ne vit aujourd'hui que de l'espoir d'arriver à
bon port et de retrouver son fiancé, notre ami François.
Dans cette longue attente, sa foi en l'Éternel lui est d'un
grand secours et il m'arrive souvent de joindre mes prières aux siennes. La foi de Christine et la mienne sont sœurs,
comme si nous avions grandi ensemble, usé nos jupes sur
les bancs de la même église, et que notre ferveur s'était
formée au même moule. Nos échanges ont souvent pour
sujet certains mystères de la grâce de Dieu mais, parfois,
nous nous laissons aller à des conversations plus légères.
Christine demeure toujours d'une pudeur et d'une discrétion égales mais nous parvenons néanmoins à échanger des
vues sur l'amour entre les hommes et les femmes de façon
tout à fait passionnante. Christine n'est encore que fiancée à son bien-aimé François et son impatience à le retrouver est mêlée des craintes légitimes d'une jeune femme qui
s'apprête à aborder sa vie d'épouse. Je tente de la rassurer
de mon mieux, quoique ma pudeur m'interdise de disser-
ter sur des matières trop intimes.

Derrière le hublot, les vagues du large de l'Angleterre battent contre la coque et c'est un délicieux frisson. Je ne sais pas si je mesure à sa juste valeur la chance qui est la mienne. Cela ne fait qu'un mois et demi que j'ai uni ma vie à celle de mon bien-aimé David-Frédéric, et ces deux mois d'isolement au milieu des mers sont une bénédiction pour notre amour. Le *John Williams* est un lieu qui se prête particulièrement bien à la découverte de notre intimité, et si nous mettons à profit ce temps suspendu entre deux mondes, nous poserons le pied sur le sol d'Afrique sûrs de notre amour, confortés dans notre choix de vie. Alors, nous aurons pour seul souci de répandre la parole de Dieu dans des contrées où elle n'a pas encore été entendue.

Ce que les jeunes mariés ont coutume d'appeler leur voyage de noces, nous l'avons effectué la semaine qui a suivi la célébration de notre union à l'Oratoire du Louvre. Mais il m'est difficile d'utiliser ces termes pour qualifier cette petite tournée que nous avons faite, David-Frédéric et moi, en Alsace et en Suisse. Ce n'était, en quelque sorte, qu'une répétition de la noble mission qui nous attend dans la patrie des Bassoutos, d'un chemin ordonné où chaque étape était l'occasion de célébrer avec nos parents ou nos amis notre fraternité et notre foi en Jésus-Christ. Partout où nous nous sommes arrêtés, les prières de nos frères ont intercédé pour le succès de notre jeune union, et les nôtres pour la réussite de la mission qui nous attend au-delà des mers. C'est aussi au cours de ce voyage que mon cher compagnon a eu accès à l'intimité du corps que Dieu m'a donné et moi, à la sienne. Aujourd'hui, j'ai presque oublié la peur que cette épreuve provoquait en chacun de nous, pour ne garder que le souvenir lumineux de deux enfants qui ont choisi de baigner dans la même lumière, celle de la vérité et de la justice, et qui ont décidé de faire le chemin ensemble. C'est l'amour du même Dieu qui nous a réunis, mais ce sont nos affections d'enfants qui se sont reconnues. Ici, dans cette cabine aux murs couverts de bois, je retrouve la naïveté de mes rêves d'enfant lorsque nous construisions des cabanes, l'été, dans les forêts vosgiennes. Quand la nudité de David-Frédéric et la mienne se rencontrent, le souvenir du grondement des cascades de la Servat et du tonnerre assourdissant, lorsqu'au mois d'août la foudre s'abat sur la cime des sapins, l'emporte sur la pudeur et l'embarras qu'engendrent toutes ces découvertes. Peut-être poserai-je le pied sur la terre du Cap habitée d'une fertile pesanteur ?

Il est déjà tard et je voudrais encore écrire à maman et à mes frères et sœurs qui sûrement s'inquiètent déjà de mon devenir. Nous devrions, demain ou après-demain, croiser un navire qui fait route vers l'Angleterre et qui peut-être se chargerait d'emporter notre courrier en Europe. Je dois tenir prêtes mes missives dans cette éventualité.

Le Cap, 24 janvier 1861.

Arrivés ce matin au Cap. Depuis trois jours, nous connaissions la date précise de notre arrivée mais ce fut tout de même une surprise, ce matin, à l'heure du réveil, d'entendre des cris et des bruits de pas précipités dans les coursives. Pendant la nuit, nous étions arrivés face au Cap, et le soleil, en se levant, découvrait le panorama merveilleux de la Baie de la Table. Elle doit son nom à une vieille montagne usée (Table Mountain), au sommet plat comme une table, qui domine la ville du Cap. C'est une imposante masse verte baignée par la mer.

Le *John Williams* a fièrement donné deux coups de sirène et nous sommes entrés dans le port du Cap à dix heures et demie. Sur le quai, notre ami François C. attendait sa bien-aimée Christine avec un bouquet de fleurs très colorées. Les Anglais les appellent, paraît-il, des *proteas*, et c'est une fleur emblématique de la région du Cap. François a fait remarquer avec malice que là où nous allions, il n'en poussait sûrement pas, comme pour dire qu'il nous fallait profiter des douceurs de la côte sud avant de nous enfoncer dans les montagnes. Cela m'a semblé une jolie image du règne de Dieu. Sa parole ne fleurit pas encore dans le pays de montagne où nous avons pour tâche de faire connaître l'Évangile. Si nous nous montrons à la hauteur de notre mission, si nous savons être bons jardiniers, peut-être ces *proteas* pousseront-elles un jour au pays des Bassoutos?

Le Cap est une belle ville coloniale très marquée par le *british way of life*, ce qui est un peu surprenant pour moi, à cause de mes origines germaniques, mais non dénué de charme. Nous avons eu le temps, cet après-midi, de nous promener dans de beaux jardins au centre de la ville, et François nous a fait succomber à la frivolité de prendre le thé dehors, à l'ombre de grands arbres. Je crois que ce sont des espèces différentes des arbres d'Europe, ils sont sûrement plus grands mais, dans un parc entretenu à l'anglaise, la différence avec l'Europe est moins grande que je ne l'aurais imaginé. Cependant, il suffit de lever les yeux pour découvrir l'imposante Montagne de la Table et on comprend alors qu'on n'est plus au jardin zoologique de Mulhouse. Nous avons été servis par un jeune homme noir très gentil, qui portait un costume de lin blanc impeccable et des chaussures. Le thé était excellent, du Ceylan, rien à redire.

Nous resterons au Cap le temps de prendre connaissance de l'état d'éducation et de christianisation des indigènes au-devant desquels nous marchons. Christine et François doivent se marier dans les jours qui viennent et ce sera une cérémonie émouvante, un mariage d'amour — car je connais les sentiments de Christine — tout autant que la promesse d'accomplir ensemble une grande besogne pour répandre la lumière de Dieu.

Le Cap, 12 février 1861.

La joie emplit mon cœur. Depuis ce matin, Christine et François sont mari et femme. Le pasteur M. a célébré leur union en présence d'amis missionnaires et de fidèles de cette petite paroisse du Cap. Mon cher David-Frédéric était le témoin de François, moi, celui de Christine. Notre amitié s'en trouve comme scellée devant Dieu. Quel bonheur ce sera de voir nos familles grandir et prospérer ensemble ! Nos enfants naîtront sur cette terre où nous avons décidé d'accomplir la noble mission qui est la nôtre, ils joueront ensemble et progresseront côte à côte sur les voies du Seigneur.

Christine avait eu raison de me faire coudre une robe de coton claire car, depuis notre arrivée, la chaleur me pèse un peu. Je n'ose imaginer les souffrances que mon amie m'a épargnées en m'obligeant d'ajouter à mes habits de laine noire ce costume d'été. Ici, tout le monde porte des couleurs claires mais je n'y suis moi-même pas habituée et je me sens toujours un peu endimanchée, un brin trop frivole dans ma robe légère. Ce matin, pour le mariage de nos amis, j'ai eu pour la première fois l'impression que c'était *le vêtement qui convenait à la circonstance*.

Un autre bonheur immense vient de s'annoncer. Au moment où mon amie Christine s'apprête pour sa vie de femme, j'apprends que je vais donner la vie. Notre Sauveur a voulu que mon ventre porte en lui un petit être à venir. Depuis le mois dernier, j'en avais le secret espoir mais j'attendais confirmation. Hier, je suis allée chez un médecin anglais du Cap et il me l'a dit : un bébé devrait naître en septembre. J'ai annoncé ce matin la nouvelle à mon cher compagnon, juste avant la cérémonie qui célébrait l'union de Christine et François. Pendant le culte, j'ai pu voir dans ses yeux la joie d'être bientôt père le disputer à celle de partager le nouveau bonheur de nos amis. Bien sûr, avec la chaleur et le long voyage qui nous attend, il ne sera pas aisé de porter cet enfant. Mais notre Sauveur l'a voulu ainsi, que je donne la vie et que j'agrandisse ainsi Son royaume dans le même temps que je propagerai la lumière de Son règne. Je m'efforcerai d'être à la hauteur de la tâche qu'Il me confie.

La joie est dans mon cœur et il me tarde de quitter le Cap pour nous élancer vers le pays des Bassoutos. La vie dans cette ville est un peu trop indolente à mon goût. On prendrait vite coutume de cette douce langueur qui baigne la ville, et j'espère que l'air des montagnes raffermira nos âmes gâtées.

À bord du *Sir George Grey*, 22 mars 1861.

Nous voici à nouveau en pleine mer, cette fois nous nous rapprochons vraiment du Lessouto. Je m'oblige à écrire Lessouto, qui est la transcription du mot indigène, mais pendant notre longue escale au Cap, il n'était question que de Bassoutoland, selon l'appellation anglaise. David-Frédéric souhaite perfectionner le plus vite possible ses notions de sessouto, et, connaissant son ardeur aux études, je gage qu'il ne lui faudra que peu de temps pour pouvoir parler couramment avec les Bassoutos.

Je profite d'un moment d'accalmie pour tenir ce journal car le bateau, depuis notre départ du Cap, est secoué par une houle qui nous retourne l'estomac. Il faut ajouter à cela le bruit des machines (le *Sir George Grey* est un vapeur) qui rend la traversée pénible. Pourtant, la côte que nous longeons pour aller du Cap à Port-Elisabeth est la plus belle de l'Afrique australe, paraît-il. Nous passons actuellement au large d'une forêt naturelle d'essences indigènes vieille de plus de mille ans. Tout à l'heure, le vent de la côte a rabattu sur le pont une forte odeur de fleurs. D'après François, cette côte est le paradis des *proteas* qui poussent là, naturellement, par milliers. David-Frédéric, en bon théologien, l'a repris sur le mot « paradis » que, dans son emportement, il avait abusivement employé. François a rougi et nous avons bien ri.

Bientôt, Port-Elisabeth, dernière étape portuaire avant notre voyage par la terre. Dans les jours qui viennent, nous serons tout occupés à nous préparer pour notre expédition. Il nous faudra acheter deux chariots à deux bœufs pour caser toutes nos caisses de livres et autre matériel indispensable à notre vie dans les montagnes.

Aujourd'hui, n'y tenant plus, j'ai annoncé à Christine la merveilleuse nouvelle qu'abrite, en secret, mon ventre. Nous avons loué ensemble l'Éternel. Christine m'a conseillé de profiter de notre escale à Port-Elisabeth pour me procurer, dès à présent, un certain nombre de choses indispensables à la naissance. Mon idée était plutôt de me faire conseiller sur place par les femmes bassoutos et de suivre les usages locaux en la matière. Christine m'a justement fait remarquer que les petits enfants blancs et les petits enfants noirs, tout également enfants de Dieu qu'ils fussent, n'avaient pas forcément les mêmes besoins à la naissance. Je vais me ranger à son avis et me procurer chez un chimiste quelques éléments de pharmacie qui, quoi qu'il en soit, pourront toujours servir à nos frères bassoutos, si certains viennent à être malades et que leurs médecines ne puissent les soigner. Pour ma part, cependant, je tiens que Dieu nous fait naître là où Il le juge bon, et qu'Il veille à ce que Ses enfants entrent dans Son royaume dans de bonnes conditions.

Je vais maintenant écrire à maman, car il me tarde de lui faire partager notre joie d'attendre l'heureux événement à venir.

Kingwilliamstown, le 20 avril 1861.

L'amour et la protection de Dieu nous accompagnent dans notre voyage par terre comme ils l'ont fait sur mer. Gloire en soit à notre Sauveur, après la chute de notre chariot dans un ravin, je n'ai que des accents de joie et de reconnaissance à faire entendre. Les médecins que nous avons consultés hier me l'ont assuré, je ne souffre d'aucune fracture, mes contusions seront sans suite grave, et il n'y a pas à craindre pour les jours du petit être qu'abrite mon ventre.

L'accident s'est produit le soir du 16 avril. Nous faisions route vers Grahamstown à la douteuse clarté de la nouvelle lune. La route, taillée sur le flanc d'une colline, descend dans une étroite vallée. Elle n'est pas bonne, tant s'en faut, car c'est en voulant éviter de grands trous que nos hommes conduisirent malheureusement le wagon sur le bord de la ravine. Lorsqu'ils s'en aperçurent il était déjà trop tard, une roue de devant ne reposait plus sur le sol. Je pense qu'ils ont essayé sans succès d'arrêter les bœufs, puisque le frein n'était pas mis, et j'ai senti notre chariot basculer sur le côté sans pouvoir prévoir la gravité de la chute. Ce fut un moment effrayant que de ne pas savoir quand nous allions rencontrer à nouveau la terre et je n'ai pas trouvé de prière plus appropriée à l'instant que le Notre Père. Il y a eu un grand choc, toutes nos affaires se sont effondrées sur moi. J'étais prisonnière de lourdes caisses de bois pleines de livres. L'instant d'après, je me souviens avoir vu le visage affligé de mon cher compagnon penché sur moi et recommandant mon âme à Dieu. Mais notre

Sauveur n'avait pas encore décidé de me rappeler à Lui
et j'ai pu m'extraire avec grand mal de notre chariot. David-
Frédéric a dressé une tente pour m'y faire passer la nuit
à l'abri, et il a généreusement puisé dans la caisse de pharmacie pour soulager mes douleurs. Christine et François
avaient eu plus de chance que nous dans leur progression
vers la vallée en contrebas, et se trouvaient à une bonne
heure d'avance devant nous. Il fallut envoyer quelqu'un
les prévenir de notre accident, et, deux heures plus tard,
ils arrivèrent pour nous porter secours. Le lendemain, malgré la pluie, les hommes, aidés d'un fermier des environs,
ont pu remettre le chariot sur ses roues. Nous avons continué notre route. Bien que je fusse allongée sur un matelas, les chaos du chemin rendaient mes blessures encore
plus douloureuses. Arrivés à Kingwilliamstown, nous
avons consulté les médecins du dispensaire. Ils nous ont
rassurés sur mon état : dans quelques jours je serai tout
à fait remise.

Malgré cela, notre progression restera lente car nos bœufs
sont épuisés. Le peu d'argent dont nous disposions ne nous
a pas permis de nous procurer des bêtes jeunes et vigou-
reuses. Nos pauvres bœufs ont dû voir bien des chemins
déjà au cours de leur longue vie, et ils sont très vite essouf-
flés. Cela nous oblige à de fréquents arrêts pour leur donner du repos.

Quoi qu'il en soit, nous progressons vers notre but
ultime. Puisse Dieu continuer de nous porter secours tout
au long de notre route.

Hébron, le 25 mai 1861.

Dieu soit loué, nous sommes arrivés au Lessouto. La montagne d'Hébron ne nous est apparue que lorsque nous sommes arrivés à son pied. En effet, les dernières heures de notre voyage se sont passées sous la neige et la grêle, nous empêchant pratiquement de discerner le paysage autour de nous. Le pays où nous avons choisi de servir notre Sauveur est magnifique. Lorsqu'une courte éclaircie nous permet d'apercevoir un fragment de panorama, je suis émerveillée par les couleurs que je découvre. Le rouge de la terre et le vert de l'herbe s'affrontent violemment. L'air est vivifiant comme dans les Vosges et je me sentirais presque chez moi.

Mme C. et ses enfants nous ont reçus avec empressement et c'était un grand réconfort après notre long voyage. Voilà, nous pouvons maintenant commencer de propager l'œuvre de Dieu auprès des Bassoutos. Nous resterons quelque temps dans la station d'Hébron avant qu'on nous attribue un nouveau lieu d'établissement. David-Frédéric doit partir dès demain. Après plusieurs mois de vie commune, il nous faut maintenant apprendre à être souvent séparés par la tâche qui nous incombe. Conduit par un guide mossouto, il traversera les montagnes pour rejoindre, à cheval, ses frères réunis en conférence à Thaba-Bossiou. Ici, à Hébron, nous sommes logés dans une maison en dur, mais durant son périple à travers le Lessouto, mon compagnon devra se contenter de la hutte du Mossouto pour abri et d'une natte pour lit. Si Dieu le veut, nous deviendrons de vrais Africains.

Hébron, le 10 septembre 1861.

Notre Sauveur l'a voulu ainsi, notre premier enfant est né le 4 septembre. Depuis quelques jours déjà je ressentais des douleurs et, en fin d'après-midi, Mme C. a envoyé chercher Maria Ntlama, cette jeune fille dévouée qui devrait devenir notre cuisinière dès que la société nous aura attribué une station. Mon bien-aimé compagnon parcourait le pays à cheval, prêchant la parole de notre Sauveur, et c'est donc seule mais aidée de Dieu que j'ai mis au monde notre petit Théodore. Maria l'a enroulé dès son entrée dans le monde dans un drap de laine colorée qui avait servi à sa naissance et à celle de sa mère avant elle. Elle m'a assuré que cela porterait chance au nouveau-né. J'ai trouvé cette naïve attention très touchante — bien que profondément païenne.

Un messager a pu prévenir l'heureux père qui, aussitôt, s'est hâté de revenir auprès de sa compagne et de son petit Théodore. Il est là, notre fils qui bientôt ouvrira ses yeux au royaume de Dieu. David-Frédéric et moi avons prié ensemble pour remercier le Seigneur de l'avoir fait naître sur le sol d'Afrique, comme la première pierre de la grande œuvre que nous devons accomplir ici.

Les Bassoutos de la station d'Hébron ont accueilli cette naissance à leur manière. Il y a eu une sorte de petite fête hier au soir avec des chants et des danses. David-Frédéric commence de bien connaître leur langue et leurs coutumes, il a pu m'expliquer le sens de la cérémonie qu'ils ont organisée en l'honneur de notre nouveau-né. Ces gens sont d'une grande gentillesse. Je suis frappée par leur joie de vivre. C'est merveilleux de voir ce que la parole de Dieu a déjà fait sur ceux d'entre eux qui y ont eu accès.

Hébron, le 5 février 1862.

La peine serre mon cœur, mes pleurs inondent le papier au moment où j'écris ces lignes mais je ne dois pas laisser la tristesse me dominer tout à fait. Dieu a décidé de rappeler à Lui notre cher petit Théodore. Il est entré en son repos hier en plein milieu du jour.

Depuis plusieurs jours, notre enfant, toujours si souriant avec chacun depuis sa venue au monde, portait sur son petit visage un masque de tristesse impossible à distraire. J'ai mis du temps à m'en apercevoir parce que la journée était chaude : il était en proie à la fièvre. Maria Ntlama s'en est alarmée très rapidement et elle est allée quérir son père, un vieil homme qui sait les remèdes et qui est connu dans la région pour avoir sauvé un nombre incalculable de vies. Il a fait boire à l'enfant un bouillon d'herbes qui a fait un peu baisser la fièvre dans les heures qui ont suivi. Avec ma chère Maria, nous cherchions désespérément un sourire sur son visage, mais il ne se décidait pas à apparaître. J'ai commencé de prier pour le salut de mon cher petit, en demandant à Dieu la faveur de le laisser en vie, lui, la première pierre de l'édifice que nous voulons construire à Sa gloire. Durant la nuit, le corps de notre cher petit fut secoué de frissons, et, au matin, sa peau avait changé de couleur. Ses joues d'ordinaire si roses, qui faisaient l'admiration des Bassoutos, avaient viré au gris. Maria a couru chercher son père dès le lever du soleil. Notre petit Théodore s'était évanoui. Penchée au-dessus de lui, je pouvais entendre son souffle ténu mais régulier et sentir les battements de son cœur, déjà faibles. Le père de Maria a encore préparé quelque médecine, mais lorsque je l'ai vu sortir des objets rituels bassoutos, je me suis remise en prière et j'ai recommandé l'âme de Théodore à notre Sauveur. Je lui ai demandé d'accueillir dans Son royaume de félicité mon petit enfant, innocent parmi les innocents.

Les larmes ont encore dissous l'encre au bout de ma plume. Le papier lui-même est tout détrempé, mais il me faut continuer. Enfin, dans le milieu de l'après-midi, notre cher enfant a cessé de respirer sans avoir repris connaissance, sans qu'un sourire ait illuminé son visage. Il est entré dans le repos comme on s'endort après une journée épuisante. Je me suis mise en prière pour que notre Sauveur nous donne la force, à mon cher compagnon et à moi, de surmonter cette épreuve. Je tente d'imaginer mon enfant souriant dans son repos éternel.

Plusieurs de nos amis sont venus nous soutenir. Christine et François ont accouru de leur station à l'autre bout du pays pour nous témoigner leur amitié. J'aurais préféré retrouver Christine dans des circonstances moins funestes, mais sa présence et son affection me furent d'un grand secours. François, de son côté, s'est longuement entretenu avec mon bien-aimé compagnon, et je gage qu'il a su trouver des paroles de réconfort justes et chaleureuses.

Ce matin, le pasteur C. a célébré un office pour recommander à Dieu l'âme de notre cher enfant. Théodore repose désormais aux côtés d'Ellen C., une petite fille morte l'an dernier à l'âge de sept ans. Puisse notre Sauveur leur accorder la paix.

Il est temps déjà de nous remettre à la tâche. Seul le travail pourra sécher nos larmes.

Béthesda, le 18 avril 1862.

Nous voici donc dans notre propre station. La société, réunie en conférence, a décidé de transformer l'ancienne annexe de Thaba-Morèna en station et ce sont les G. qui ont été chargés de cette tâche. Mon compagnon et moi reprenons la station de Béthesda et nous nous efforcerons d'y poursuivre le merveilleux travail qu'ils ont commencé.

David-Frédéric fera profiter la communauté de ses talents de typographe. Il a ordonné qu'on rapporte à Béthesda la presse qui avait été cachée en hâte lorsque les Boers avaient incendié Berséba. Son transport s'est avéré long et difficile du fait de son poids. Il n'a pas fallu moins de soixante bœufs pour acheminer le matériel. Mais elle est là, nous avons fait construire un atelier pour l'abriter.

Nous venons d'achever un travail long et fastidieux mais indispensable pour se servir de la presse. Lors du sac de Berséba par les Boers, dans la précipitation, tous les caractères d'impression avaient été jetés pêle-mêle dans des caisses. Il a donc fallu commencer par trier toutes les fontes, corps par corps, et les redisposer dans leurs casses. Pour effectuer ce travail, David-Frédéric avait engagé un jeune indigène de douze ou treize ans nommé Thomas, très appliqué et très doué en beaucoup de matières. Il a profité d'avoir les doigts dans les caractères d'imprimerie pour me poser des questions d'orthographe. L'état de développement de son intelligence est vraiment remarquable. Il a de grands yeux de fille curieux de tout et pleins de malice. Je pense qu'il sera un aide précieux pour David-Frédéric lorsque celui-ci sera par monts et par vaux sur son cheval, et qu'il faudra faire fonctionner la presse en son absence. Pendant que je me chargeais du tri des fontes, mon compagnon s'est occupé de la reliure de volumes du Nouveau Testament qui, jusqu'à présent, étaient restés en feuilles.

Nous devrions tenir l'école quatre fois la semaine, plus un cours du soir pour les bergers, deux fois la semaine, et des cours d'instruction pour les catéchumènes, trois fois la semaine. J'ai tenu aussi à établir, deux fois la semaine, un cours de couture et de chant, et une réunion des mères. C'est un moment qui leur est réservé, le sujet central en est, bien sûr, l'éducation des enfants, ce qui inclut des questions morales tout autant que des notions d'hygiène.

Il est heureux que nous soyons déjà si occupés. Cela nous distrait quelque peu de notre récent chagrin.

Béthesda, le 20 août 1865.

Hélas, au moment où nous commencions à voir de façon presque tangible les progrès de la parole de Dieu sur les âmes de notre district, un grand malheur vient mettre en péril tous nos efforts. La guerre que se livrent les hommes entre eux vient perturber la progression de l'Évangile dans nos régions. Pourtant, la population de notre district se trouvant répartie en une foule de petits hameaux accrochés à flanc de montagnes ou sur des crêtes difficilement accessibles, nous avions fondé une annexe à Thabaneng, sur les bords du fleuve Orange, et aussi une dépendance à Matsatseng, chez le chef Potsané, près de la Makhaleng. Nous allions placer, le mois prochain, un évangéliste et un instituteur à Phamong, chez le chef Phafodi. Mais la folie des hommes ne nous permet pas de mener à bien nos projets. Cela est grave car on sait combien est fragile la progression de la parole de Dieu parmi les convertis de fraîche date, et qu'un rien peut encore les faire s'éloigner des voies du Seigneur. De plus, la guerre que les Boers livrent à nos Bassoutos nous dessert grandement car ils sont blancs comme nous, et, pour certains esprits encore peu éduqués, la confusion serait facile entre nous, les missionnaires, qui apportons l'amour du Tout-Puissant, et les Boers qui, en nous livrant la guerre, sèment la terreur et les désolations qui s'ensuivent.

Je ressens encore la fatigue liée à la venue au monde de notre chère Emma. La petite est très sage. Pendant tous ces événements funestes, elle est restée calme. Gageons qu'elle n'a pas encore accès à la peur parce qu'elle ne connaît pas la violence des hommes. Les deux aînés, qui sont assez grands (Félix a eu trois ans le mois dernier et Alfred aura deux ans en novembre) pour se réjouir avec leurs parents de la venue au monde d'une petite sœur, sont aussi plus sensibles à la peur et vivent plus durement les violences de ces derniers jours.

Certains de nos Bassoutos, peu scrupuleux, sont allés

voler de belles têtes de bétail chez des fermiers du Free State. Comme la paix entre ces deux nations n'était qu'un équilibre précaire, les représailles — terriblement barbares — ne se sont pas fait attendre. Dès qu'il fut annoncé que les Boers avaient fait leur apparition à Hébron, les hommes de Béthesda, gardant encore en mémoire le souvenir d'autres batailles livrées par leurs ennemis, s'enfuirent avec leur bétail pour se cacher dans les montagnes. Lorsque nos ennemis fondirent sur la station avec la ferme intention de brûler tout ce qui appartenait aux missionnaires, Dieu nous conserva dans Sa miséricorde. Sans doute entendit-Il nos chants et nos prières, et nos ennemis se contentèrent de piller notre garde-manger.

Lorsque les Boers se présentèrent à notre porte, ils me trouvèrent occupée à donner le sein à ma chère petite Emma et mes deux garçons accrochés à mes jupes, car ils avaient pressenti le danger. La vue de petits enfants blancs radoucit un peu nos ennemis, je crois. Ils trouvèrent en notre maison une trentaine de femmes avec leurs enfants, qui s'y étaient réfugiées après la fuite de leurs maris, mais ils ne nous firent aucun mal. Les Boers allèrent même jusqu'à nous prévenir qu'elles étaient là plus en sécurité que dans les montagnes, avec les hommes et les troupeaux, ce qui ne laissait rien présager de bon pour les malheureux qui s'y étaient réfugiés. Je ne traduisis pas en sessouto l'intégralité des paroles de nos ennemis mais nos prières d'intercession redoublèrent.

La sympathie des Boers à notre égard était de fort mauvais aloi. En partant, ils incendièrent les maisons vides des infortunées qui avaient trouvé refuge chez nous et détruisirent trois cents sacs de blé et de maïs. Une longue traînée de fumée obscurcit le ciel après le départ des Boers et les cris et les larmes emplirent la maison. Il me fallut bien de la persévérance pour faire résonner les murs de nos cantiques après cela.

Les maisons brûlées eurent un effet inattendu, cependant. La fumée abondante, visible depuis les montagnes, annonça de façon certaine le passage des Boers, et, pendant qu'ils se dirigeaient vers Thaba-Bossiu, d'autres femmes purent emprunter un chemin connu des seuls Bassoutos pour venir trouver refuge à Béthesda. Nous les avons installées dans l'église. Comme cela n'était pas suffisant, il a fallu construire en toute hâte de petites huttes de fortune. Notre station devient peu à peu une arche de salut, et, tous ensemble, nous prions pour les hommes qui sont cachés avec leurs troupeaux dans les montagnes. Dieu les garde.

Pour nous distraire de notre chagrin, j'ai repris les réunions de femmes qui s'étaient trouvées interrompues par les récents événements. L'église est pleine à craquer et toutes ensemble nous travaillons pour coudre et tricoter des vêtements chauds. Tout en poussant l'aiguille ou en passant les mailles, nous devisons. J'essaie de faire entendre à ces femmes que leur rôle pendant la guerre est aussi important que celui des hommes. Eux se sont cachés avec les troupeaux pour tenter de sauver nos richesses et notre pain. Nous restons avec les enfants et ainsi nous protégeons leur descendance. Je tente aussi d'inculquer à ces femmes de bons principes d'hygiène car, si nous devions faire face à la famine — ce qui est à craindre —, ces mêmes principes permettraient de sauver des vies.

Béthesda, le 11 octobre 1865.

Au milieu des graves préoccupations qui sont les nôtres, quelques nouvelles viennent tout de même alléger mon cœur. J'ai reçu ce matin une lettre de maman et ce n'est pas malice de ma part de dire qu'elle est très amusante. Loin de moi l'idée de me moquer de ma vénérable maman, mais elle se met parfois martel en tête pour de petits riens, et lire ses lignes à l'autre bout du monde a quelque chose de divertissant.

Maman voulait s'ouvrir à moi du souci que lui cause le choix du prénom de notre petite Emma. Il se trouve qu'Anna, ma sœur, voulant sans doute, à son habitude, la tarabuster gentiment, lui a parlé d'un roman paru il y a quelques années. L'héroïne, qui s'appelle Emma, mène une vie dissolue et tout à fait en dehors de la morale, et elle a une fin bien funeste, à ce qu'il paraît. Je m'étonne un peu des lectures de ma petite sœur, pour en savoir autant, elle a bien dû le parcourir. Maman ne m'indique pas le nom de l'auteur mais à l'occasion je le demanderai à Anna. Il faudrait bien un jour que je jette un œil à cette chose édifiante.

Et voilà que ma chère maman trouvait fâcheux d'avoir prénommé notre dernière née Emma, à cause du mauvais présage que cela représentait. Cela m'a paru bien païen et j'ai beaucoup ri. J'ai immédiatement répondu à maman qu'elle n'avait rien à craindre puisque avant moi, elle avait choisi de prénommer sa fille aînée Emma. Je saurai rester dans la morale et montrer l'exemple à ma petite fille. Ainsi les divagations douteuses d'un faiseur de romans ne pèseront pas sur notre joli prénom.

Béthesda, le 19 décembre 1865.

Nous nous préparions à fêter dans six jours la naissance de notre divin Rédempteur. Tout à la joie de cette belle fête, j'étais occupée, avec les femmes et les enfants, à décorer l'église. Depuis que nous sommes à Béthesda, tous les ans, nous laissons les Bassoutos décorer l'église à leur guise pour les fêtes et le résultat est souvent splendide. David-Frédéric répète inlassablement que l'église de Béthesda est leur église et non la nôtre, et, à voir l'ardeur avec laquelle les femmes s'attellent aux tâches d'embellissement, je dirais que cette idée fait son chemin.

C'est au matin qu'un cri d'alarme s'est fait entendre. Un groupe d'une dizaine d'hommes, descendus la veille au soir des montagnes pour venir voir, à la station, leurs femmes et leurs enfants, s'enfuyait au pas de course, poursuivi par une troupe de vingt-cinq hommes. La troupe ennemie a fait feu mais, dès que nos hommes se sont trouvés hors de portée des carabines, c'est contre nous qu'elle s'est retournée. L'ennemi commença de piller méthodiquement nos vivres, confisqua notre troupeau et nos chevaux. Mon cher compagnon tenta de parlementer avec eux, de les ramener à un peu de raison, mais bien vite il fut acquis que c'était peine perdue. La seule chose à faire était de se barricader dans les maisons en dur et l'église, en priant Dieu pour que nos ennemis n'incendient pas la station après avoir achevé de la piller.

Nous avons longuement parlé avec David-Frédéric après le départ de la troupe, au milieu des cris de lamentation qui accompagnaient la découverte des méfaits de l'ennemi. Les femmes et les enfants ne sont plus en sécurité à Béthesda et il faudra, dès demain, qu'ils prennent le chemin d'une station de montagne. Nous avions déjà envisagé cette éventualité, et, par précaution, nous avons régulièrement envoyé du ravitaillement là-bas. De la nourriture les attend donc sur place. Nous espérions reculer toujours un peu plus ce départ, mais l'attaque de ce matin nous oblige à hâter notre décision. Nous avons par ailleurs décidé de garder ici avec nous nos chers petits. Tant que les missionnaires n'ont pas été déclarés officiellement indésirables — ce qui pourrait arriver —, nous courons à Béthesda des dangers moins grands que nos pauvres Bassoutos. Nous resterons donc seuls, en attendant des jours meilleurs. David-Frédéric devra se procurer un nouveau cheval et déployer des trésors d'ingéniosité pour relier régulièrement Béthesda à la station de montagne sans que nos ennemis puissent repérer ses déplacements. En effet, il ne faut pas laisser notre troupeau trop longtemps dans l'ignorance de la parole de Dieu. Dans les épreuves qu'il traverse en ce moment, elle lui sera d'un grand secours.

Béthesda, le 9 janvier 1866.

C'est officiel, nous sommes déclarés indésirables. Les Boers vont donner l'ordre à tous les missionnaires de quitter le Lessouto. Si nous restons, bientôt nous serons hors la loi. À quoi tout cela aboutira-t-il? Le comité, à Paris, a écrit au président du Free State pour protester contre ce décret d'expulsion. Certains des nôtres ont pu obtenir une entrevue avec le président. Ils ont catégoriquement déclaré que les missionnaires français ne se croyaient coupables d'aucun méfait qui pût justifier leur expulsion. Ils ont demandé qu'on les mette clairement en accusation, mais le gant n'a pas été relevé. Mon bien-aimé compagnon a déjà accompli beaucoup pour le service de la parole du Tout-Puissant dans ce pays. L'assemblée est tous les dimanches plus grande à l'église. Nous commençons d'assister à des conversions spontanées. Il n'est pas pensable que nous nous arrêtions en si bon chemin. Si la situation n'évolue pas, nous devrons nous cacher dans les montagnes avec nos chers Bassoutos. Il nous faut trouver un refuge sûr pour les membres de notre église. Continuer de les laisser se regrouper autour de nous, à Béthesda, serait les exposer aux mauvais traitements de leurs ennemis.

Dans les moments difficiles que nous traversons, la fermeté d'âme de nos frères bassoutos m'est d'un grand réconfort. Au milieu des malheurs qui les accablent, ils continuent de garder le sourire. À les voir chanter et danser au milieu des ruines fumantes laissées par l'ennemi, je me dis que la parole de notre Sauveur a dû faire déjà un bien grand chemin dans leurs âmes.

Aujourd'hui, au moment où nous nous interrogions sur notre avenir et celui de nos enfants, est arrivé un message de Morosi. L'ancien chef de Béthesda a quitté son territoire il y a quelques semaines déjà parce que la présence de l'ennemi à ses portes présentait un trop grand danger.

Telles sont ses paroles : «Passe le fleuve Orange et nous aide. Que deviendrons-nous si tu nous abandonnes?»

Mon cher David-Frédéric vient de sauter en selle. Avec trois autres membres de notre église, ils vont rendre visite au chef Morosi. Puisse notre Sauveur leur porter assistance durant leur course. Pour ma part, je reste veiller sur nos enfants. La présence de notre cher Molokoli me rassure quelque peu. Toujours d'humeur égale, il est avisé et reste de sang-froid, prêt à nous défendre. Ce garçon est d'une rare intelligence. Il faut voir avec quelle rapidité il a assimilé l'enseignement de l'Évangile. En l'absence de David-Frédéric, Molokoli m'aide à tenir le catéchisme, et je peux dire sans malice que sa présence à mes côtés est peut-être à l'origine de la brusque conversion d'un certain nombre de jeunes filles. Il faut dire que Dieu s'est montré généreux avec lui et qu'il a doublé sa grande intelligence d'une beauté tout à fait frappante. Sa haute stature, ses traits fins et ses longues mains soignées ont pu, me semble-t-il, contribuer à faire cheminer la parole de Dieu chez certaines âmes du beau sexe.

Pour ma part, sa présence me rassure et notre complicité, toute religieuse, est sans équivoque. Nos prières d'intercession sont pour les Bassoutos, qu'ils puissent vivre en paix sur leur terre.

Béthesda, le 3 février 1866.

Un messager m'a apporté ce matin de bonnes nouvelles. Mon bien-aimé semble avoir trouvé le refuge que nous cherchions pour notre famille et les membres de notre église. Voici ce qu'il m'écrit : « Après quelques jours passés à parcourir les montagnes afin de conforter l'âme de nos réfugiés en prêchant partout la bonne nouvelle du Salut, je suis arrivé au but ultime de mon voyage. Le chef Morosi, ses conseillers et son peuple m'ont reçu avec joie. Il nous a fait présent d'un bœuf qui s'est trouvé immédiatement tué et apprêté pour les nombreux indigènes que ma présence avait attirés. Les réfugiés s'empressaient autour de moi, me remerciant de ce que je venais à nouveau leur tendre la main. Je me suis longtemps entretenu avec le chef Morosi. Il approuve mon projet de trouver refuge sur son territoire et il met tout le pays à ma disposition. Hier, après avoir traversé beaucoup de villages, nous sommes arrivés dans un endroit qui, tout de suite, a attiré mon attention par sa beauté et les avantages qu'il offrait. On l'appelle Massitissi, il est situé à quatre heures et demie à cheval de Béthesda dans la direction du Sud-Est, sur la rive gauche de l'Orange. Je me suis hâté d'aller en avertir mes collègues à Aliwal. Ils se sont immédiatement réjouis de la nouvelle et ont nommé une commission pour aller visiter les lieux d'ici peu. Dans quelques jours, je serai de retour à Béthesda et je me propose de te faire visiter l'endroit avec les enfants. J'ose espérer qu'il t'enchantera autant que moi. »

Aussitôt, j'ai proposé aux membres de notre église de se mettre en prière pour remercier l'Éternel de nous avoir gardés en Sa miséricorde. Molokoli exultait, et c'était un spectacle beau et émouvant de le voir mettre tout son cœur dans les cantiques qu'il faisait reprendre à l'assemblée. Mes deux garçons ont dû comprendre l'importance de la nouvelle qui venait de nous parvenir parce qu'ils ont tapé dans leurs petites mains pour marquer la mesure à leur façon, naïve et réjouissante. Ma petite Emma, elle, dormait comme un ange dans les bras de Maria pendant nos cantiques et toute notre allégresse n'est pas parvenue à la réveiller.

Massitissi, le 13 avril 1867.

Nous voici installés de façon durable dans ce qu'on pourrait appeler une maison. Depuis notre arrivée à Massitissi, nous occupions une hutte que les indigènes avaient construite à la hâte. Mais une moitié de cet abri était occupée par notre bagage, et le peu de place qui nous restait devait servir tout à la fois de chambre à manger, à coucher et de réception. Nous faisions la cuisine dans une deuxième hutte. Une troisième, plus petite, servait de grenier pour nos céréales. Les jours de pluie n'étaient pas jours de fête. La nuit, nous devions nous battre avec les rats et les souris qui ne semblaient pas disposés à détourner leur itinéraire pour ne pas passer sous nos nattes. Enfin, je peux dire que nous sommes déjà sûrement africains renforcés pour avoir pu vivre quelque temps dans une telle situation.

La maison dans laquelle nous sommes entrés aujourd'hui est une ancienne caverne qui a servi de refuge autrefois aux Bushmen et aux porcs-épics. Avec le secours de Dieu et de quelques ouvriers, David-Frédéric est parvenu à la transformer en une demeure fort agréable. C'est une maison de quatre-vingts pieds de longueur sur quinze de large, bâtie sous un immense rocher. Elle comporte aujourd'hui quatre chambres assez spacieuses, une cuisine et un grenier. La caverne a été assainie. L'eau qui, autrefois, suintait le long des parois, coule maintenant en un charmant filet à une quarantaine de pas en contrebas. Le rocher présentant à sa base une surface plane, et les chambres ayant été blanchies à la chaux, on oublie tout à fait que l'on se trouve dans une caverne. Sur le devant, entre deux immenses blocs de pierre, les hommes ont creusé une grande terrasse dont le parapet est orné d'une rangée d'aloès.

David-Frédéric et ses ouvriers ont creusé les cavités naturelles qu'offrait le rocher pour dessiner de belles chambres carrées aux murs droits. Les débris de roches ont été entassés sous la terrasse, ce qui nous fait comme une muraille de protection. Ici, il peut pleuvoir, venter, Dieu nous protège, nous sommes en sécurité pour accomplir Sa grande œuvre.

Nos deux aînés sont assez grands maintenant pour avoir suivi avec attention l'avancement des travaux, et ils nous ont fait fête ce matin lorsque nous avons transporté nos effets jusqu'à notre nouvelle demeure. Ils couraient devant nous sur le sentier qui monte jusqu'à la muraille, allant de l'un à l'autre et encourageant ceux qui portaient les plus gros paquets. Eux-mêmes avaient pris part à la tâche puisqu'on leur avait réservé de petits colis légers qu'ils portaient fièrement sur leur tête, à l'africaine. Notre petite Emma suivait derrière, en prenant son temps, secondée par la bienveillante patience de notre chère Maria. Arrivé en haut du sentier, chacun s'est réjoui à sa façon. Nos deux garçons ont entraîné leur petite sœur dans une ronde très joyeuse. David-Frédéric et moi avions des larmes dans les yeux de voir ainsi nos enfants exulter à l'idée d'être enfin dans une maison à eux. Nous avons pensé qu'ils avaient dû souffrir, bien plus que nous ne le soupçonnions, de l'insécurité de ces derniers mois. Maria tournait en rond dans la dépendance qui sert de cuisine en poussant de grands cris, toute à sa joie d'avoir enfin un peu de place pour préparer nos repas et un fourneau que les ouvriers ont taillé à même la roche.

Ce soir, dans mes prières, je remercierai Dieu de nous avoir conduits jusqu'ici. J'en ai la certitude, Massitissi est le but ultime de notre mission. C'est l'endroit qu'a choisi notre Sauveur pour que nous fassions rayonner Sa parole. Il nous a placés à l'abri au sein du rocher pour que nous n'ayons plus d'autre préoccupation que l'extension de Son royaume de lumière.

Bientôt, il me sera donné de donner la vie au petit être qui sommeille au creux de mon ventre. Notre maison est prête, nous l'attendons tous dans l'allégresse.

Massitissi, le 17 mai 1867.

Dieu soit loué, tout s'est bien passé. Notre petit Edmond s'est présenté à la vie un peu en avance, mais c'est un enfant de constitution robuste, il dévore et semble bien décidé à entrer dans le royaume terrestre de Dieu. C'est le 15 mai, en fin d'après-midi, que l'enfant s'est annoncé, ce qui a un peu inquiété Maria. Mais, lorsqu'à huit heures il a présenté son petit visage, Maria m'a tout de suite rassurée, l'enfant avait belle allure.

Maintenant que nous avons trouvé un refuge pour notre famille, c'est un bonheur encore plus grand de donner la vie. Dégagés de nos anciens soucis de survie, mon bien-aimé compagnon et moi pouvons plus que jamais accomplir l'œuvre de Dieu et agrandir aussi notre petite famille. Pour que chacun se souvienne du jour béni où mon cher David-Frédéric a trouvé un refuge pour les siens, nous avons accolé au prénom de notre nouveau-né le nom du lieu qui nous a accueillis. Edmond-Massitissi est son nom.

Du fait que nous sommes désormais installés dans une maison de plusieurs pièces, il n'a pas été nécessaire d'éloigner les enfants lorsqu'est arrivée l'heure de la délivrance. J'étais confortablement installée un peu à l'écart, dans la chambre du fond, et nos enfants attendaient à côté que leur père vienne leur annoncer une bonne nouvelle. Félix et Alfred voulaient un petit frère, leurs vœux sont exaucés et leur joie indescriptible. Emma est bien petite encore mais elle s'est laissée gagner par l'excitation de ses grands frères. Il a tous fallu les retenir, sinon, dans leur empressement, ils auraient presque étouffé notre petit Edmond-Massitissi.

Depuis notre installation dans notre nouvelle demeure, notre vie s'est adoucie et j'ai même réussi à reprendre certaines habitudes de mon cher pays. Maman m'a envoyé il y a peu un moule à kugelhopf et je me suis amusée à en apprendre la recette à notre chère Maria. Le résultat est étonnant. Je ne crois pas avoir vu jusqu'ici kugelhopf aussi gonflés que ceux qu'elle nous fait. Il faut dire qu'elle montre une patience d'Alsacienne pour le pétrissage de la pâte, elle peut y passer des heures. Il faut voir sa mine de petite fille émerveillée lorsque, le samedi, elle sort de son fourneau en pierre des gâteaux magnifiquement levés et dorés à point, qui font les délices des enfants le matin du dimanche.

Nous avons, avec Maria, une tendre complicité en cela que nous veillons ensemble à l'éducation des enfants. Il nous arrive de nous trouver toutes les deux seules à la cuisine et de parler de choses et d'autres. Mais nous ne sommes pas nées sur la même terre, et nous ne parvenons pas toujours à nous comprendre. Depuis mon arrivée ici, la présence d'une sœur ou d'une confidente me manque cruellement. Avec Christine, nous nous sommes d'abord écrit régulièrement, et puis le travail nous a bientôt pris tout notre temps. Je regrette avec mélancolie nos entretiens sur le pont supérieur du *John Williams*, quand nous ignorions tout encore de la tâche qui nous attendait.

Massitissi, le 12 octobre 1868.

Dieu veille sur nous pour nous garder en sa félicité. Aujourd'hui même, alors que j'achevais une lettre à maman, le courrier est arrivé du Cap, m'apportant des nouvelles de Mulhouse. Ainsi donc, à la joie de la naissance de notre petite Marguerite s'ajoute celle de l'annonce des fiançailles de ma sœur Anna. Maman ne peut cacher son soulagement que sa cadette se soit enfin décidée. Bien sûr, elle ne peut s'empêcher de s'inquiéter un peu car le jeune homme est artiste, ce qui n'offre pas un grand confort matériel. Je suis si contente pour ma chère Anna. Maman me décrit son promis comme un beau garçon aux allures slaves. Il est pianiste et, à ce que m'en dit maman, il s'essaierait aussi un peu à la composition. C'est tout à fait le genre de parti que j'imaginais pour ma petite sœur fantasque. Pourvu que ce jeune homme ait entendu la voix d'Anna et qu'il l'encourage à chanter. Ce me serait un grand bonheur d'entendre un jour un récital de ma petite sœur accompagnée par son mari. Gageons que le fiancé d'Anna est protestant — maman ne m'en dit rien cependant, et le nom de sa famille m'est inconnu — et qu'au temple il aura remarqué le cœur qu'elle met à chanter les cantiques dont les mélodies sont les plus difficiles.

À mesure que notre famille s'agrandit, l'œuvre de Dieu, ici, fait son chemin parmi les indigènes. Nous nous acquittons de notre mission le mieux possible et nos efforts commencent à être récompensés. En arrivant à Massitissi, nous prêchions l'Évangile à une soixantaine de personnes. Aujourd'hui, nous avons la joie de voir de deux cents à trois cents adultes se grouper sur la terrasse pour écouter le message du Salut. L'école compte cent vingt enfants et je la tiens quatre fois par semaine. Notre station de Massitissi ressemble désormais à un village. Nous vivons en bonne harmonie avec notre troupeau et il ne serait pas juste de dire que ma famille se limite à mon compagnon et mes enfants. Je continue à tenir régulièrement des réunions de femmes. Pendant la guerre qui nous a tous durement éprouvés, les liens qui s'étaient, grâce à ces réunions, tissés entre les femmes de la communauté furent le ciment de notre résistance aux épreuves. Nous avons déjà engrangé plusieurs récoltes de nos terres et nous agrandissons un peu plus chaque saison le périmètre cultivable de notre station. Les visiteurs sont souvent enchantés de leur séjour à Massitissi, et je ne résiste pas à la vanité de recopier ici un petit billet qu'un ami suisse nous a adressé après son passage chez nous :

«Les charmes de la station de Massitissi sont aussi nombreux que le petit monde qui l'occupe. Elle ressemble tout à la fois à une ferme modèle et à une demeure de Robinson. On s'y promène au milieu de rochers transformés en clôtures, en fours, en maison d'habitation même ; on y demeure dans des cavernes ; on y entend le bruit d'une cascade ; du haut d'une terrasse plantée de seringas et bordée d'une haie d'aloès, on jouit d'une vue étendue sur les Malouti ; et tout le personnel fonctionne avec la régularité d'une pendule. Une amabilité simple et cordiale règne dans la famille missionnaire.»

Port-Elisabeth, le 25 octobre 1869.

La santé de mon bien-aimé compagnon ne laisse pas de m'inquiéter. C'est la raison qui nous a amenés jusqu'ici, à Port-Elisabeth, avec toute notre petite famille. Les enfants étaient ravis de découvrir la mer et cela, pour eux, ressemblait à des vacances. De plus, leur père évite absolument de leur laisser voir ses souffrances physiques, et ils demeurent donc dans l'ignorance de son mal. Une dysenterie opiniâtre, jointe à une maladie de foie, détruisait rapidement ses forces lorsque nous avons décidé de venir ici prendre un peu de repos. Tout d'abord, une nette amélioration s'est fait sentir, et mon cher David-Frédéric s'est presque débarrassé de ses dérangements intestinaux. Il a pu reprendre quelques forces mais bien vite son foie, très déréglé, s'est mis à le faire souffrir. Les médecins que nous avons consultés préconisent un retour en Europe dans les plus brefs délais. Mais il est bien difficile de voyager avec notre dernière née, la petite Clémence, qui n'a que quelques jours à peine, et nous voulons demeurer tous ensemble, unis.

Je suis rongée d'inquiétude et n'ai personne à qui m'en ouvrir. Je ne peux guère prodiguer dans mes lettres à maman que des paroles encourageantes sur les améliorations de l'état de santé de David-Frédéric. Par ailleurs, je ne peux en parler directement avec lui et compromettre ainsi l'espoir qui lui reste encore de guérir. Je n'ai plus que mes prières, et je m'emploie jour et nuit à demander à Dieu de conserver mon compagnon en Sa miséricorde, qu'Il considère la grande œuvre qu'il accomplit pour Sa parole et assure à mes chers enfants l'amour d'un père en bonne santé.

Il est particulièrement pesant de se trouver en état d'oisiveté dans ce moment difficile. Déjà, mon école me manque et je ne souhaite qu'une chose, m'occuper l'esprit avec des tâches spirituelles afin d'avoir la force d'âme nécessaire pour accompagner mon cher compagnon vers son rétablissement. Il me semble que l'inaction lui est encore plus pénible qu'à moi-même. De plus, il semble inquiet de l'avancée de l'œuvre de Dieu dans sa station pendant son absence. Nos efforts nous resteront-ils acquis ou faudra-t-il tout recommencer à notre retour ? Il me semble pourtant que nous pouvons compter sur l'ardeur de Manoah, ce catéchiste indigène que nous avons nous-même formé. Je vais peut-être me ranger à l'avis de mon bien-aimé compagnon, qui est d'essayer quelque temps encore l'air de nos montagnes avant d'envisager un retour en Europe. Si ses forces le lui permettent, nous pourrions tenter de rentrer au plus vite à Massitissi.

Je me souviens des premiers temps de notre arrivée en terre africaine, lorsque ici même, dans cette cité de villégiature, nous préparions minutieusement l'expédition qui devait nous mener au Lessouto. Je pense souvent à Christine et François et je regrette que les distances qui nous séparent ne nous permettent pas de nous voir plus souvent.

Massitissi, 12 avril 1871.

Le sang a cessé de couler. Aujourd'hui nous est parvenue de France la nouvelle de la paix. Pendant cette dernière année, alors que la santé de mon bien-aimé David-Frédéric s'était raffermie et qu'il avait pu reprendre ses travaux d'évangélisation et d'imprimerie, il ne nous a même pas été donné de goûter cette joie. Alors qu'ici tout semblait s'arranger, il s'ajoutait à l'histoire de la France un chapitre qui remplira longtemps mon cœur d'une déchirante douleur. J'ai su par maman et Anna les désastres inouïs de nos armées, les souffrances de départements entiers envahis et ruinés par un implacable ennemi. Les sièges de Strasbourg et de Paris furent des deuils pénibles à mon cœur d'Alsacienne.

Dans ces funestes circonstances, même la naissance d'un enfant est une joie tempérée par l'inquiétude et le chagrin. Notre petit Jules a vu le jour le 16 janvier, et cet événement n'est pas parvenu tout à fait à désemplir mon cœur du chagrin de savoir mon pays saigné et meurtri. Il me semble même que, séparée de ma terre par des lieues et des lieues, ma préoccupation était plus grande que lorsque les Boers se trouvaient à nos portes ici même, il y a peu.

Ainsi donc, aujourd'hui c'est la paix, oui, mais à quel prix? L'Alsace et la Lorraine sont arrachées à une nationalité qu'elles chérissaient, et mon pays a cinq milliards à payer. Je pleure sur les malheurs de ma France bien-aimée mais j'espère que la tempête sera suivie de bénédictions.

Ici, la situation politique s'est stabilisée. Après la mort de Moshesh, ses fils ont finalement accepté de se placer sous l'autorité britannique. Comme Sir John Wodehouse l'avait proposé lors de sa visite à Korokoro, ce sera le *self-government*, sous le patronage de la Grande-Bretagne représentée par un gouverneur. L'indépendance des Bassoutos a définitivement pris fin.

Hébron, le 4 août 1873.

Me revoici à Hébron, et je dois dire qu'il m'est bien pénible d'avoir dû quitter pour quelque temps — je l'espère le plus bref possible — notre cher troupeau de Massitissi. Ainsi, nous sommes loin de notre maison, et nos grottes, refuge de notre famille, me manquent cruellement. Même si la vie n'y est pas toujours aisée et que nous commençons à percevoir les limites de leur salubrité, comment oublier le havre qu'elles furent pour nous en pleine guerre?

Dans cet exil temporaire, mes enfants me sont un encouragement. Nos quatre aînés sont assez grands maintenant pour aider aux tâches de la vie de tous les jours ou pour nous décharger un peu de l'instruction de leurs petits frères et sœurs. Félix, notre aîné, reste un mystère opaque. Ses grands yeux clairs et son sourire d'ange ne nous permettent pas de voir précisément les chemins que notre Sauveur a choisis pour venir jusqu'à Lui. C'est un grand garçon rêveur et un peu absent mais très affectueux avec ses frères et sœurs. Du coup, c'est plutôt Alfred qui, du haut de ses dix ans, joue le rôle du grand frère de la tribu.

Hébron me rappelle les jours heureux de notre arrivée au Lessouto. Tout était encore à faire, et seule la lumière de Dieu nous guidait, ignorants des embûches qui se présenteraient à nous sur le chemin. Il se trouve que des difficultés imprévues ont ramené David-Frédéric à Hébron pour tenter de pacifier une situation des plus orageuses. Il y a quelques mois s'est tenu le premier synode des églises du Lessouto. De nouvelles lois introduites dans l'Église servirent de prétexte à quelques éléments rebelles et causèrent une scission dans l'église d'Hébron. En effet, une portion de l'ancien troupeau de Berséba était animée d'un mauvais esprit et n'attendait qu'une occasion de secouer le joug d'une discipline qu'elle jugeait trop étroite. Ainsi deux clans se formèrent, les récalcitrants ou *Ba-évangéli* et les soumis ou *Ba-synodo*. C'est le troupeau d'Hébron qui a poussé la conférence à faire appel à mon bien-aimé compagnon pour tenter de ramener chacun à la raison. L'image de David-Frédéric n'a pas perdu de son éclat à Hébron depuis notre installation à Massitissi, bien au contraire. Les gens d'ici saluent ses capacités de diplomate en le surnommant *Setimamollo*, ce qui signifie «celui qui éteint le feu».

Nous nous sommes arrangés pour traîner sur le chemin entre Massitissi et Hébron de façon à n'arriver qu'à la nuit noire, car nous avions entendu dire que les deux bandes adverses marcheraient à la rencontre de notre wagon. Nous avons dételé sans bruit pour ne pas donner l'éveil. Nos chers petits trouvaient fort réjouissant de devoir chuchoter et marcher à pas feutrés jusqu'à la maison comme des brigands. Ainsi, le lendemain, au lever du jour, l'effet de surprise joua en faveur de mon cher David-Frédéric.

C'est un grand malheur que de mauvais éléments mettent ainsi en péril notre œuvre car la parole de Dieu commence à se répandre largement au Lessouto. Le roi Moshesh lui-même avait décidé de se convertir au christianisme, et cette conversion exemplaire avait des retentissements politiques très importants. Son baptême devait avoir lieu en grande cérémonie le 12 mars 1870 et le pays se préparait pour cette grande fête. Sa maison avait été recrépie et blanchie. On avait dégagé un terre-plein derrière sa demeure en déplaçant un monceau de sable accumulé par le vent. Moshesh avait prévenu tous ses fils et le gouverneur du Cap du changement qui s'était opéré dans son cœur et toutes les églises avaient été convoquées pour assister à son baptême. Malheureusement, Dieu a décidé de rappeler à Lui le bon Moshesh la veille de son baptême. Il est entré dans son repos éternel le 11 mars, à quelques heures de la réalisation d'un plan conçu en vue de la gloire de Dieu. Mais le seul retentissement de l'annonce de la conversion de Moshesh, en elle-même, a déjà beaucoup servi notre œuvre. Moshesh est mort chrétien, même si Dieu ne nous a pas laissé le temps de lui donner le baptême.

Paris, le 13 novembre 1875.

Comment pourrai-je jamais aimer Paris? À compter d'aujourd'hui, cette ville restera pour toujours dans mon cœur celle de la douleur et du deuil. Cette nuit, Dieu a rappelé auprès de Lui notre chère petite Marguerite, et je demeure hébétée et inconsolable. Le seul apaisement à ma douleur est de tracer ces quelques lignes sur le papier, soulageant ainsi mon cœur en secret. Je repense à notre petit Théodore et je veux croire qu'il reconnaîtra sa petite sœur dans la vie éternelle. Ces dernières semaines ont été des plus pénibles. Notre enfant a lutté courageusement contre la mort jusqu'au bout de ses forces. C'était un insupportable crève-cœur que d'assister, tous réunis autour d'elle dans l'amour de notre famille, aux souffrances de notre petite Marguerite. Désormais, son visage est calme, elle est entrée en son repos éternel comme on fait un somme pour se préparer à un long voyage. Son petit corps constamment raidi par la douleur ces derniers jours s'est enfin détendu. Théodore était passé dans nos vies comme un météore de joie et sa mort soudaine fut un déchirement brutal et brûlant. Aujourd'hui, je sais que ce deuil fut paisible en regard de la perte de notre petite Marguerite. Elle venait d'avoir sept ans le mois dernier et tous ses frères et sœurs ont présentes à la mémoire des phrases amusantes qu'elle a prononcées, des bêtises qu'elle a faites, des mines qu'elle prenait pour se faire pardonner sa gourmandise. Marguerite laisse un vide immense au milieu de notre vie. Avec l'aide de l'Éternel qui nous l'a ravie, nous ferons bloc pour surmonter en famille notre immense chagrin.

Alfred vient d'emmener ses frères et sœurs au parc Montsouris afin de nous laisser seuls un moment, son père et moi-même, avec notre petite morte. Avoir un garçon si attentionné nous est une petite éclaircie au milieu de notre obscur chagrin. L'appartement de l'avenue Denfert-Rochereau résonne maintenant de nos chants et de nos prières. Dieu nous vienne en aide pour traverser cette épreuve.

Nous sommes revenus à Paris contraints par la grande fatigue qui nous accablait en Afrique. La santé de David-Frédéric et la mienne nécessitaient un prompt retour en Europe pour quelques mois, et c'est en quittant le Lessouto que notre chère enfant, à la suite d'un refroidissement, a contacté les germes de la funeste maladie qui vient de l'arracher à notre affection. Ces derniers mois, bien que je me sois toujours efforcée de la rassurer du mieux que je pouvais, je lisais dans le regard de notre petite

Marguerite qu'elle était parfaitement au fait de l'issue fatale de son mal. Jusqu'au bout elle a prié l'Éternel avec une fermeté d'âme égale, et, dimanche dernier, elle a demandé à son père de lui donner la communion. Quoique Marguerite fût bien jeune pour accomplir cet acte solennel, le pasteur M. a accédé à notre demande, et il est venu à son chevet avec les effets de la Sainte Cène. Il n'a pas ménagé sa peine et lui a lu pendant de longues heures des passages des Évangiles pour lui faire savoir la solennité de l'alliance qu'elle se disposait à célébrer. Ensuite, tous les quatre, nous avons partagé le dernier repas de notre Seigneur Jésus-Christ. Aujourd'hui, notre petite Marguerite repose dans la lumière de la nouvelle alliance que nous avons célébrée dimanche. Jamais elle ne connaîtra le petit être à venir que mon ventre abrite.

Plymouth, le 15 novembre 1877.

Dieu nous a gardés une fois encore dans sa miséricorde et nous ne pouvons que louer le Seigneur de nous avoir permis de poser, sains et saufs, le pied sur la terre ferme. C'est à la grâce divine que nos quatre plus jeunes enfants, mon compagnon et moi-même devons d'être en vie. Alors que nous faisions route vers Le Cap pour retrouver les terres du sud de l'Afrique chères à nos cœurs, notre bateau a pratiquement fait naufrage au large de l'Angleterre.

Le 22 au soir, nous avons perçu un choc violent, et, aussitôt après, les vagues qui s'abattaient sur le pont sont entrées dans le salon, provoquant une vraie panique. Le navire venait de heurter un banc de sable. Nous avons jeté l'ancre au large de Plymouth, laissant à la marée le temps de remonter, et nous sommes repartis, ignorant que notre vapeur avait fait une voie d'eau. La nuit était pluvieuse et notre marche est devenue d'autant plus pénible qu'au sortir de la Manche nous avons été assaillis par une formidable tempête. Le vent avait une force incroyable. En soulevant des lames qui venaient s'abattre violemment sur le pont, il provoquait des dégâts effrayants. Tout était brisé dans le déferlement : bancs, supports de chaloupes, volières... La cage des vaches a été poussée avec une telle violence contre l'escalier du pont supérieur qu'elle a volé en éclats. Un des chevaux a été tué par une chaloupe qui l'a écrasé. À l'intérieur, tout était submergé. Nos enfants terrifiés se serraient contre moi qui m'étais mise en prières. Le navire se couchait tantôt sur un côté, tantôt sur l'autre, et les marins les plus expérimentés s'attendaient à le voir sombrer. Notre chance a été d'avoir à bord une vingtaine de jeunes gens enrôlés pour le service de la police du Cap, lesquels se sont relayés jour et nuit pour pomper l'eau qui submergeait notre vapeur. C'est ce matin seulement, alors que nous nous rapprochions de Plymouth, que la tempête s'est apaisée. À l'approche des côtes, quelques personnes qui comprenaient le français se sont jointes à nous pour remercier Dieu de la délivrance qu'Il nous a accordée.

Nous avons quitté le *Durban* sans ménager notre joie et nous sommes désormais installés dans un hôtel confortable, aux frais de la compagnie, en attendant de repartir en sécurité.

Le Cap, le 30 décembre 1877.

En arrivant au Cap ce matin même nous avons appris avec tristesse que le *Roman*, qui est parti huit jours avant nous et à bord duquel nous avons refusé de monter, n'a pas encore fait son apparition. Un navire qui est arrivé au Cap le jour de Noël dit qu'il a vu le *Roman* à six cents milles d'ici, l'arbre à hélices brisé et refusant tout secours, pensant pouvoir continuer sa route à l'aide de ses seules voiles. Je ne saurais dire combien je suis reconnaissante envers le Seigneur qui nous a menés jusqu'ici sains et saufs.

David-Frédéric s'est rendu en ville dès notre arrivée pour y trouver le courrier du Lessouto. Nos amis nous écrivent qu'il serait plus prudent de rester un moment dans la colonie du Cap, à cause de la guerre qui a éclaté entre le gouvernement de la colonie et les Cafres du chef Kréli. Nous partons quand même pour East London, espérant trouver le moyen de pousser plus loin. Pour éviter le théâtre des hostilités, nous suivrons une route moins directe que celle de la Cafrerie.

Massitissi, le 24 mai 1878.

Nous voici enfin de retour à notre chère station. Nous avons retrouvé la maison des grottes avec bonheur, même si les beaux souvenirs que nous y retrouvons nous font cruellement ressentir l'absence de notre petite Marguerite et de nos quatre aînés que nous avons laissés à Paris pour leur instruction. Malgré cela, il me semble que nous revivons tous un peu au contact de ces cavernes. Les enfants ont repris leurs jeux, ils se courent après entre les troncs des aloès qui ont encore grossi.

Les gens de Massitissi qui nous attendaient avec impatience avaient envoyé des wagons, des conducteurs et plus de soixante-dix bœufs pour faciliter notre retour. Notre dévouée Maria était venue elle aussi, mais à pied, à travers fleuves et rivières, pour nous aider. Notre arrivée à Massitissi a été saluée avec joie. Les écoliers nous ont accueillis avec des chants de bienvenue, les femmes nous avaient préparé plusieurs gros tas de combustible. Au service d'actions de grâces nous avons pu constater une fois encore combien l'église nous restait attachée.

Notre petit Georges, le Parisien de la famille, le seul d'entre nos enfants qui n'ait pas vu le jour sur la terre d'Afrique, ouvre de grands yeux étonnés devant chaque chose depuis notre arrivée. Ses deux frères et sa sœur Clémence semblent au contraire reconnaître leur terre, et c'est un vrai bonheur que de les voir repartir à l'exploration des roches et des bosquets environnants.

Massitissi, le 20 novembre 1879.

Ma petite Clémence me procure bien des joies. C'est aujourd'hui la seule de mes filles qui demeure avec moi et nous avons une vraie complicité. Sa ferveur religieuse est tout à fait considérable pour une enfant de dix ans, ce qui réjouit le cœur de son cher père. Clémence est venue me parler l'autre jour en confidence du prénom qu'il fallait donner au bébé que nous attendions. En souvenir du merveilleux livre de Lewis Caroll que nous avons lu et relu en anglais, toutes les deux, jusqu'à en user la reliure, Clémence voulait appeler le bébé Alice s'il s'avérait que ce fût une fille.

Ce matin, maintenant que notre petit Victor est né depuis une semaine, j'ai fait venir Clémence sur mes genoux pour lui demander si elle n'était pas trop déçue d'avoir eu un petit frère. Elle m'a dévisagée longuement et m'a répondu : « Non, je suis contente parce que c'est un garçon comme Jésus et ses apôtres. » Devant mon hilarité, elle a pris un petit air renfrogné pour ajouter : « Le prochain bébé, ce sera une fille merveilleuse et nous l'appellerons Alice. »

Massitissi, le 21 juin 1880.

Ce soir nous dormirons sous un toit de chaume. Je suis contente que les travaux de notre maison soit enfin terminés et, dans le même temps, je ne peux m'empêcher de sentir un pincement au cœur à l'idée de quitter nos cavernes. La vie y était devenue difficile, nos articulations avaient à souffrir de l'humidité et, l'été, l'absence de courants d'air y rendait l'air irrespirable. Malgré cela, la vie de notre famille s'est inscrite entre ces blocs de roche rouge, et j'ai le sentiment d'abandonner un parent d'une égale fidélité dans son affection.

Une fois le dernier paquet retiré des cavernes, je suis

restée seule avec ma petite Clémence entre les murs blanchis des chambres désormais vides, la tête bourdonnante de souvenirs. Je pense que les enfants emprunteront souvent le petit sentier escarpé qui mène de la maison aux grottes. Cet endroit restera un décor merveilleux pour leurs jeux. Et Clémence et René, nos deux petits musiciens, viendront y jouer du fifre et du tambour sans crainte de nous casser les oreilles.

Nous quittons nos chères cavernes, mais nos enfants reviendront y jouer.

1993
GIUSEPPE

Je ne sais pas si je m'habituerai à la chaleur. Dans l'espace réduit du compartiment, l'air est lourd d'odeurs, comme s'il était trop dense pour parvenir jusqu'au fond de mes poumons. Je respire bruyamment. C'est la première fois que je le remarque, je ne transpire presque pas. Quelques petites perles de sueur sur la lèvre supérieure et une légère brume sur les tempes, c'est tout. Sur la banquette en face de moi, deux grosses femmes s'épongent le front avec un gant de toilette. Le journal qu'elles agitent pour s'éventer ne fait pas beaucoup d'effet.

Le train traverse un plateau usé par les pluies. Nous avançons entre des montagnes rouges, écorchées. Leur sommet est d'un vert intense sous le soleil vertical. Les wagons soulèvent un nuage de poussière rouge qui atténue les reliefs. Des gamins sont accrochés à la fenêtre, au-dessus des paniers de fruits et des poules qui n'arrêtent pas de caqueter. Chaque fois que le train double un cavalier ou un meneur de troupeau, les enfants se mettent à hurler en tapant au carreau.

Le plateau est entaillé de rigoles arides qui, hier encore,

après la dernière pluie, étaient des ruisseaux. C'est un réseau compliqué de rides parfois obstruées de pierriers. Les lignes électriques se perdent vers l'horizon. Leurs poteaux de bois servent de perchoir à de grands oiseaux noirs. Je suis adossé à un ballot de vêtements. Sous mes jambes allongées, pour ne pas perdre d'espace, on a mis des valises et des paquets ficelés. Mon bassin en creux laisse de la place sur la banquette pour une petite fille. Elle se tient bien droite et essaie sagement de ne pas s'appuyer contre moi. J'aimerais lui faire comprendre qu'elle peut s'adosser à mon ventre, qu'elle ne me gêne pas, que j'aime les enfants. C'est cette chaleur enfantine que mon ventre réclame, justement. Et puis, je me dis : ne lui raconte pas ta vie, et je me tais. D'ailleurs, à part les enfants qui poussent des cris, tout le monde est silencieux. On attend la fin du voyage en s'assoupissant vaguement.

L'Afrique. J'ai choisi le lieu idéal pour ma mort. Ici, l'événement le plus mesquin prend pour moi des couleurs d'épopée. Dans un champ, un paysan laboure avec un attelage tiré par deux bœufs. Ses sillons ne sont pas droits, ils se rapprochent et s'écartent. Plus loin, sur la route, une petite voiture rouge. Sûrement un touriste américain qui l'a louée à l'aéroport. Il y a encore peu de temps, ç'aurait pu être moi, dans cette petite voiture nerveuse, avec Otis Redding à fond sur la radio. Je n'ai pas fait le déplacement pour venir voir mon père à ce moment-là, quand j'étais encore autonome. J'ai préféré attendre qu'il soit trop tard, qu'il n'y ait plus de retour possible. Avant, j'hésitais à partir, j'avais peur d'être tenté de ne jamais revenir. Au moins, cette fois, la peur est évacuée. La règle du jeu est claire, je ne reviendrai pas. Dernière station. Le soleil semble me faire un signe. Il surgit brusquement de derrière un nuage et sa brusque lueur me surprend. C'est sûr, il se fout de ma gueule.

Le train dépasse une ville de tôle ondulée et s'arrête un peu plus loin. La gare est au milieu d'une aire vide de terre rouge. Le contrôleur parvient, sans déranger tout le monde, à me prendre dans ses bras, à s'emparer de ma valise dans le porte-bagages en mailles de chanvre et à gagner le couloir en enjambant ceux qui dorment. Les enfants sont fascinés. Quand nous passons sur le quai devant la vitre du compartiment, ils la cognent en faisant au revoir.

Je n'ai jamais eu autant la trouille de ma vie. Où est-il ? À quoi ressemble-t-il ? Ça ne peut être que lui, là-bas, planté comme un cactus sous l'horloge. Mon père m'attend entre deux cageots, perdu au milieu d'un océan de courges. Je m'oblige à en rire mais je n'en mène pas large. Ça y est, j'ai des coliques. Je ne vais quand même pas mourir tout de suite, là, en arrivant dans les bras de papa. Il n'y a que dans les films que ça se passe comme ça. Non, je survivrai au quai de gare, et même, il faudra vivre ensemble.

Papa. C'est dommage, je ne peux même pas pleurer, aucun fluide ne circule plus. Tout est dévié, bloqué, sec comme le Sahel. Il est là, devant moi, je sais que c'est lui et pourtant je ne le reconnais pas vraiment. Il a vieilli, il a doré comme un fruit mûr. Mon étoile me protège, je viens chercher le héros de la fin et je tombe sur lui. Il est grand, il est beau et c'est mon père. Il est posé comme une statue sur le quai. Il est là, massif, et il crève de peur. Dans son regard, la terreur de me retrouver.

Personne ne parvient à prononcer un seul mot. Le contrôleur me fait passer dans les bras de mon père, comme le témoin qu'on se refile à une course de relais. Nous n'osons pas nous regarder, encore moins nous embrasser. Mon père ne sait pas comment me tenir, où poser ses mains.

Bien sûr, c'est terrible cette façon de revenir maintenant, dans l'état où je suis. Ma violence est là, implacable et inoffensive à la fois. Je comprends que mon père soit terrorisé. Qu'il se rassure, il nous reste assez de temps pour faire connaissance.

Mon père a habillé son break d'un tapis persan et moi, je suis installé dans une sorte de trône en bois de caisse de style faussement bavarois. Je me prends pour Ludwig en regardant le paysage s'éloigner. Je me sens apaisé, serein. Mon corps peut bien faire des nœuds, je suis arrivé. Je sens que je vais peut-être sauver mon âme.

Tout à l'heure, je regardais défiler le paysage derrière le carreau du train. Ce n'étaient pas les montagnes qui s'imprimaient sur mes rétines fatiguées. Tout était là, devant mes yeux, perdu dans un halo, comme un cadre pour d'autres images. Un flot de souvenirs remontait calmement, sans faire de bulles, sans remuer la vase. Mon enfance se colorait de rouge et vert, aux couleurs du paysage magique qui s'étalait devant moi. Enchâssés entre deux grosses montagnes rabotées par l'eau et le vent, les souvenirs douloureux cessaient de me torturer. J'ai pensé : je n'ai plus peur. Il me reste de petites frayeurs, mais la grande, la belle peur qui fait bâtir des villes et repousser des frontières, affréter des navires et construire des fusées, celle-là s'est évaporée, elle n'a plus prise sur moi. La mort est là toute proche et c'est grâce à elle que je me sens participer au paysage si intensément.

Le train a brusquement amorcé une courbe et j'ai vu jusqu'à l'horizon les rails, encore tout chauds du frottement des roues. Le chemin de fer dessinait une belle ligne régulière à travers les prairies. Après son passage, le train continue d'exister, en creux, au milieu du paysage. J'ai cligné des yeux, les rails se sont touchés, tout là-haut vers l'horizon puis, écartés, à nouveau, en se rapprochant de moi. Un grand calme m'a envahi. J'ai compris que mon existence me portait sans que j'aie besoin de l'entretenir comme un feu qui ne doit pas s'éteindre. C'est une force qui n'a pas besoin de mes soins. Elle est là, au milieu du paysage, que je l'habite ou non. Mon être profond, celui qui demeure irréductible, ce qui reste de moi lorsque je suis humilié, torturé, blessé, affaibli, ce gabarit flou de ma forme humaine qui, combiné à d'autres, forme un paysage, il ne dépend pas de la survie de mes cellules. Mort ou vif, mon être demeure le même. Je participe au monde d'égale façon.

La voiture s'arrête devant un hangar en tôle. Mon père descend de la voiture. Dans l'ouverture de la porte qu'il franchit, j'aperçois des pains étalés sur une étagère. De petits garçons noirs se collent aux vitres du véhicule. Ils me regardent fixement, apparemment fascinés par le spectacle que j'offre. Quand mon père ressort, ses bras sont encombrés de pochettes-surprises bleu ciel. Lorsqu'il les tend aux enfants, ils se détournent de la voiture avec des cris de joie. Attendri, je regarde partir en lambeaux les cornets de papier.

Maintenant, il fait nuit. Je ne me souviens de rien. J'ai dû m'endormir dans la voiture. Je ne sais pas trop où je suis. Un lieu étrange. L'air est frais et légèrement humide. Ici, il est facile de respirer. Je sens une brume vivifiante couler presque librement dans mes poumons. Il y a une odeur de fenouil.

La pièce ressemble à une caverne, le plafond est taillé dans le roc. Je me demande si je ne suis pas en train de rêver. Cet endroit, sous terre, c'est quoi exactement? Je respire, je pense encore : il y a une vie sous terre. Quand j'étais gosse, je passais des heures dans la cave avec mon grand-père, en Toscane, pour mettre le vin en bouteilles. «Giuseppe, le sabayon est prêt», criait ma grand-mère.

J'entrouvre les yeux et je me souviens. Mon père est là, qui me regarde dormir. Je connais cette grotte de réputation, son souvenir hantait les réunions de famille et fournissait de multiples anecdotes. C'est donc ça, il est revenu vivre ici. Je suis allongé dans un lit en fer, dans la caverne où vivaient nos ancêtres. Quand j'étais tout gosse, à l'époque où je bâtissais une cabane par jour, ça me faisait rêver, cet endroit mythique. Aujourd'hui, c'est juste un peu de bien-être, la fraîcheur, une odeur douce et un peu amère.

Je referme tout de suite les yeux, je préfère que mon père ne sache pas que suis réveillé. J'ai entr'aperçu son regard. Ses yeux sont transparents, traversés d'un flot continu d'images qui viennent de très loin.

Qui de nous deux parlera le premier ? J'ai peu de choses à dire. Je suis venu jusqu'ici, j'ai traversé le monde pour une phrase. Papa, je t'aime. Ce sont les seuls mots qui restent, mais j'espère échapper au grotesque de les prononcer.

Mon père m'a installé sur une petite chaise devant ses salades. Je finis de sécher après la toilette. Je suis encore à poil. Je sens les nervures du bois contre mes fesses. Il fait chaud. Pourtant, c'est le seul coin d'ombre, protégé par la paroi rocheuse. Le soleil ne doit jamais donner directement sur le carré de terre parce que ses salades sont bien vertes. Un tuyau d'arrosage en vieux caoutchouc traîne entre deux rangées de romaine et passe sous mon siège pour rejoindre le robinet derrière moi. On dirait un gros serpent à l'affût.

Derrière ma chaise, le long de la paroi rocheuse, s'ouvrent plusieurs pièces creusées dans la montagne. Chaque caverne est fermée d'un mur de grès rouge percé d'une fenêtre et d'une porte. Ma chambre est la première pièce que l'on trouve en arrivant sur le terre-plein. Juste à côté, la cuisine consiste en quatre vrais murs surmontés d'un toit de chaume. C'est de là que mon père a sorti la bouteille de gaz vide, tout à l'heure, quand il est parti pour le village. Sur le gros rocher au bout du terrain, une tache blanche m'éblouit : ma chemise, que mon père a lavée après la toilette. Il l'a étendue au soleil, avec mon jean.

Au loin, sur ma droite, les montagnes rouges bariolées de vert s'étalent en une longue chaîne rocheuse. Une pente douce, couverte de petits buissons, en descend pour s'arrêter net sur ma gauche au-dessus de la plaine. Une ligne de vieux arbres délimite la fin du terre-plein devant les grottes. Ensuite, la pente se perd dans des fourrés touffus. De là où je suis assis, on ne distingue aucune habitation. Le village doit être accroché quelque part sur la droite, à flanc de montagne.

Tant que mon père n'est pas de retour, je suis condamné à rester planté dans son potager. Ma queue, maintenant, pend mollement sur le bois de la chaise. Tout à l'heure, pendant la toilette, elle a fait des siennes. Mon père avait l'air très gêné. Ce n'est pas ma faute si son mode de vie recoupe certains de mes fantasmes les plus intimes. La toilette au grand air, les montagnes au loin, le soleil qui me brûle la peau, l'eau froide qui ruisselle doucement en s'accrochant, gouttelette après gouttelette, aux poils de mes cuisses et de mes mollets en les frisant légèrement, tous éléments d'un naturalisme érotique. C'est la bouffée d'oxygène des rats des villes, ce genre d'échappée fantasmatique. Je me suis mis à bander comme un zèbre. Au moins, à ce moment-là, je me sentais vivant. Il y a longtemps que ça ne m'était pas arrivé. J'en avais déjà fait mon deuil. Et puis, les événements incongrus sont tellement nécessaires, là où je me trouve.

Quand j'ai tout liquidé pour venir ici, je n'avais pas mesuré ce que serait le quotidien. Je ne pensais même pas

qu'il y aurait une vie de tous les jours. *Trip of no return.*
J'avais rêvé de me transporter, haletant, jusqu'au bout du
monde, et là, ce n'était pas précis mais, en gros, je pensais
rendre mon dernier souffle en tombant dans les bras de
mon père, au sommet de sa montagne. Ensuite, le ciel s'obs-
curcissait et un violent orage éclatait, zébrant le ciel d'éclairs
bleutés dans une odeur de soufre.

Ce matin, en ouvrant les yeux, j'ai trouvé mon père au
pied de mon lit, qui me regardait dormir. Là, j'ai compris
que tout serait plus compliqué que prévu. Si je tiens encore
un moment, il faudra apprendre à vivre avec lui. J'ai horreur qu'on me regarde à mon insu, et pourtant je lui ai
souri, parce que j'étais content de ne pas être seul en me
réveillant. Désormais, mon père est mon gardien. En
échouant ici, c'est ce que j'ai implicitement réclamé.

Je me suis jeté sur la nourriture qu'il avait apportée. Un
réflexe de survie, comme si j'avais peur qu'on vienne piquer
dans mon assiette. Et mon père restait planté au pied du
lit. Calme et magnanime, il me regardait me battre avec
les aliments comme un goret psychopathe. Il ne dit rien,
il reste compréhensif, c'est exaspérant. Je ne peux lui faire
aucun reproche, il est tellement parfait. Je n'ose même pas
lui dire que je bois du café le matin et pas du thé ou de
la tisane de racine locale. Comme ce seraient mes premières paroles depuis mon arrivée, il faudrait trouver quelque chose de plus élevé. Ce matin, il m'a fait de la bouillie.
Il pense sûrement que je n'ai plus la force de mâcher. Si
je ne dis rien, il va me concocter des menus petits pots
Nestlé. Mon père a retrouvé le nourrisson qu'il a abandonné depuis longtemps et il ne le lâchera plus. Quand

j'ai compris ça, j'ai jeté des morceaux de pain dans la tasse de thé pour faire de la pâtée pour canards. Bébé peut encore faire sa bouillie lui-même.

Dans ces instants-là, je tape des pieds comme un petit gars buté, mais au même moment quelque chose me dit que j'exagère un peu. Peut-être qu'ici, on mange tout en bouillie? Peut-être que le café est excessivement cher? À l'école, les instituteurs disaient de moi : *caractère impulsif*. Quand on a dit ça, on a tout dit. Je tape d'abord, je réfléchis ensuite.

Finalement, c'est moi qui ai parlé le premier. J'ai fait dans le banal. J'ai dit que je commençais à sentir un peu la fouine, que j'aimerais bien me tremper les escalopes.

Ça y est, je sais. Ce que je ne supporte pas, c'est cette façon qu'il a de s'accrocher au réel comme un aveugle qui vous prend le coude pour traverser la rue. Sa névrose des gestes. Chaque mouvement est calculé de façon à ressembler le plus possible à une image rassurante. Tout à l'heure, il pilait des grains de fenouil dans un grand mortier pour le mélanger ensuite au sable blanc qui recouvre le sol de ma chambre. Il était à la fois et successivement la femme bambara qui pile le mil sur un rythme de tam-tam, le garçon de piste qui, au cirque, jette des poignées de sable après le passage des fauves, et un paysan berrichon s'essuyant les paumes sur les cuisses, son travail accompli. Son numéro fonctionne parfaitement. Il se suffit à lui-même, il n'a besoin de personne, surtout pas de moi.

Si je veux être honnête, je dois admettre que je l'envie.

Moi, je n'ai jamais été capable de me protéger en jouant ne serait-ce que quelques minutes un autre rôle que le mien. Je n'ai toujours été que moi-même et mon corps ne s'en est pas remis. Finalement, je n'ai jamais pardonné à mon père de ne pas ressembler à un homosexuel. Quand j'ai eu l'âge de comprendre ce qui se passait, j'aurais aimé qu'il se promène en jupons avec des plumes dans le cul, qu'il fouette l'air avec un sac à main doré en roucoulant comme une grue, perché sur des cuissardes à talons. À l'école, j'étais extrêmement fier d'avoir un père pédé. Ça me paraissait quelque chose de vraiment chic.

Avec les filles, je le disais sur le ton de la confidence. Elles étaient flattées d'être dignes d'un tel secret. Dès que je me comportais avec elles comme un salaud, elles étaient toutes prêtes à me trouver des excuses. Avec les problèmes familiaux que j'avais, on ne pouvait pas m'en vouloir.

Avec les garçons, c'était l'inverse. Je le clamais avec arrogance dans les vestiaires. Finalement, ils devaient bien l'admettre, c'était miraculeux que j'aie réussi à sortir des couilles de mon pédé de père pour aller courtiser un ovule de ma mère et m'y accrocher. Ma présence parmi eux avait un caractère exceptionnel. Ça faisait de moi l'allié des petites frappes de la classe qui sont déjà au courant des choses du sexe quand les autres jouent encore aux voitures.

J'étais même l'arbitre quand il s'agissait de savoir si tel acteur ou tel chanteur *en était* ou pas. J'étais une figure, j'avais ma petite spécialité. Mais dès que mes copains apercevaient mon père, ils ne voulaient plus me croire. Ils me traitaient de menteur. Si mon père venait me chercher à l'école, il ne venait jamais avec Jacques. Il était vêtu d'un gros chandail gris anthracite à côtes et il portait les mêmes chaussures Paraboot que tous les autres pères, le samedi.

Mon père arrive au bout de la terrasse suivi d'un homme plutôt jeune qui porte une bouteille de gaz rouge. Sa physionomie massive, son visage carré mais dont la rigidité est atténuée par les cheveux blonds et le regard timide me rappellent d'autres visages. Une veinule sombre traverse l'iris vert et donne à ses yeux transparents une nuance interrogative, comme une réticence, quelque chose de lui qui est absent, enfui par cette faille. Les bûcherons amateurs de poésie et de couchers de soleil sur la mer ont toujours bouleversé mon père. Je dois admettre que j'éprouve instinctivement un certain mépris pour ce troubadour inverti des hauts plateaux, sûrement initié par mon père aux délices de Maria Callas.

En fait, je n'ai jamais accepté que mon père se soit séparé de Jacques. C'est le seul de ses amis que j'aie aimé comme un père. Quand mon géniteur l'a quitté, j'ai eu une réaction de belle-mère hystérique et véhémente qui prend parti pour l'abandonné. Il me semblait alors que Paul, mon père naturel, faisait du mal à Jacques, mon papa. Ensuite, je n'ai plus jamais voulu rencontrer ses gigolos et, pour finir, je ne l'ai plus vu du tout. D'un côté, il y avait un adolescent buté et agressif et, face à moi, un père qui ne pouvait même pas parler de ce qu'était sa vie. Les soirées dans des pizzerias n'en finissaient pas de s'étirer, comme les fils de la mozzarella caoutchouteuse qui masquait la purée de tomate à la flotte. Sans nous concerter, nous avons cessé de nous voir.

Jacques, lui, est toujours resté près de moi. Je pouvais débarquer à n'importe quelle heure et dans n'importe quel état, Jacques était toujours content de me voir. Si c'était nécessaire, il y avait un lit pour moi dans un coin, on s'arrangeait toujours. L'an dernier, je suis allé passer quelques jours au moulin. J'ai retrouvé la chambre bleue au premier étage. La fenêtre donne sur les branches les plus hautes du tilleul. Quand j'étais petit et que je rendais visite à mon père pour les vacances, c'était ma chambre. Jacques faisait régner la terreur parmi ses amis. S'ils passaient dans le couloir, devant la porte de la chambre bleue, le soir, après mon coucher, ils devaient marcher pieds nus pour ne pas me réveiller. À l'époque, je portais de petits pyjamas à carreaux. Au printemps dernier, je ne savais pas que je voyais Jacques pour la dernière fois. Je pensais surtout à ma propre fin. Je croyais partir avant lui. Je ne lui ai rien dit et j'ai bien fait. Il m'a semblé vieux, calme et seul. Il ne séjournait presque plus à Paris, dans son appartement des Halles. Il fallait faire du chemin pour le voir. En me couchant, avant de pénétrer nu entre les draps blancs, j'ai regardé la reproduction du Van Gogh au-dessus du lit. J'avais huit ans quand Jacques me l'avait offerte. Depuis, j'ai appris que Vincent a peint ce tableau à Auvers, vers la fin de sa vie.

Ce soir du printemps dernier, dans le grand moulin vide, en entendant le ruisseau murmurer sous le plancher, j'ai ressenti une étrange émotion au moment de me coucher. Je me sentais en famille et pourtant très seul. Quelque chose du calme de la mort, déjà. Toute affection était devenue inutile, incapable de me réchauffer. Le coton des draps était

froid sur ma peau. J'ai eu l'intuition qu'à l'autre bout de
la maison Jacques devait ressentir la même chose. J'aurais
voulu aller lui parler mais il dormait sûrement déjà, je
l'avais vu prendre des gouttes au dessert.

Je suis retourné en Normandie quelques mois après pour
l'enterrement de Jacques. Il y avait là quelques visages de
mon enfance, que j'ai reconnus. Une vieille femme s'est
approchée de moi pour me serrer dans ses bras. Elle m'a
dit : « Mon pauvre petit... » en pleurant. Angèle, la bou-
langère de mon enfance, était venue verser des larmes bien-
faisantes sur le cercueil de Jacques. Ses cheveux avaient
blanchi mais son regard était toujours aussi profondément
sombre et enveloppant. J'étais heureux qu'Angèle soit là
pour faire un adieu chaleureux à Jacques. Ce jour-là, j'ai
compris qu'on ne venait pas seulement aux enterrements
pour se soutenir les uns les autres dans la douleur. Il y a
un devoir d'être là pour témoigner de ce qu'a été la vie
de celui qui part. Sa richesse et sa diversité s'écrivent sur
les visages de l'assemblée qui s'est réunie pour lui dire adieu.
Il n'y aura presque personne à mon enterrement. Rien à
raconter. Je suis venu et je repars sans faire de bruit. Ne
vous dérangez pas pour moi.

Pour commencer, je toise le compagnon de mon père
de haut en bas, autant que le permet la hauteur de ma
chaise. Je m'offre le luxe insolent d'arrêter mon regard un
instant à la hauteur de sa bite. Mais j'ai à faire à plus fort
que moi. Il est incroyable, ce mec : sans se démonter,
il s'approche de moi et, tout naturellement, il vient

m'embrasser sur les deux joues en prenant même appui, pour se pencher, sur l'une de mes cuisses. Il se présente lui-même sans que mon père ait besoin d'intervenir : «Janus». Moi, je suis toujours à poil et je lui fais la conversation. Brusquement, je ressens de l'affection pour cet homme.

Du coup, papa s'enhardit, il vient déposer un baiser sur mon front. Il attrape mes vêtements secs et il enfile mon pantalon sur mes chevilles. Il passe derrière moi et me soulève de la chaise pour que je puisse remonter le jean sur mes hanches. Je sens mes côtes se toucher, elles frottent entre elles quand mon père m'empoigne. Il faudra qu'il apprenne à tirer tout droit sur la colonne vertébrale, de bas en haut, ça fait moins mal. Pour la chemise, il me laisse faire, il la pose sur mes genoux. Le coton est tiède sur ma peau.

Mon père apporte au milieu de la terrasse un paquet de ferraille d'où dépassent des roues de moto. Janus l'aide à déplier l'engin. C'est un vieux fauteuil roulant, rafistolé avec des lattes de bois et des lanières de cuir. Les roues sont garnies de gros pneus. Il m'installe aux commandes de la voiturette pour handicapé. Avec les mains, je peux faire tourner les roues. Mes doigts se perdent dans les reliefs du caoutchouc. Je fais le tour de la terrasse pour évaluer le périmètre de ma cage. Le terrain devant la maison doit faire vingt-cinq mètres de long sur trois de large. Ça fait un rectangle de soixante-quinze mètres carrés pour les promenades, la taille d'un trois-pièces en ville. Sur le grand côté qui borde le précipice, les racines des arbres créent un relief dans le sol. Il faut tirer sur les roues quand elles tombent dans un trou. Mes bras manquent de force. Je m'acharne pourtant, je cherche l'énergie ailleurs que dans les bras. Il faut truquer, utiliser ce qui me reste de souffle. Je reviens à mon point de départ hors d'haleine et les tempes humides.

Mon père a acheté de la viande. Janus la fait griller sur un feu de branches. J'ai le droit de la couper moi-même. L'incident de ce matin a remis les pendules à l'heure. Finies les bouillies, le biberon. Nous sommes entre grands garçons. Janus parle beaucoup, mon père se repose sur lui pour la conversation. Il m'explique qu'il termine ses études d'ethnologie à l'université du Cap et qu'il est venu faire un travail de fin de cycle sur les grottes. Il s'intéresse à l'histoire du site et de ses occupants. Pendant ses recherches, Janus vit dans une hutte voisine mais sa famille est restée sur la côte, à côté du Cap, où il retourne régulièrement. Il me parle de sa femme, de ses enfants. Il semble capital, quand on est blanc, dans ce coin du monde, de se défendre d'être raciste. Janus précise tout de suite qu'il a épousé une femme de couleur. Ses enfants sont de très *jolis métis*. Ce sont ses termes. Je ne sais pas quoi penser de ce que Janus me raconte, il m'est sympathique, mais son côté *politically correct* est quand même insupportable. Enfin, j'arrive à trouver aimable un amant supposé de mon père, c'est déjà un progrès.

Mon père me porte jusqu'à mon lit pour la sieste. Je reste un moment tendu à écouter les bruits sur la terrasse.

J'entends parler Janus, sa voix me parvient, atténuée par le rideau. J'aimerais bien connaître la nature exacte des liens qui l'unissent à mon père. Après tout, je peux aussi me tromper, mon père s'est peut-être calmé avec l'âge. Il a pu apprendre à entretenir des relations purement amicales avec des hommes. D'un autre côté, après sa séparation avec Jacques, il a tellement œuvré à convertir de tranquilles pères de famille à sa cause que j'ai peine à croire que Janus soit seulement pour lui un copain de régiment. Sur la terrasse, désormais, c'est le silence, j'entends encore leurs pas et ils disparaissent de mon paysage sonore. Sont-ils allés faire une petite sieste ? Mes oreilles guettent, elles traquent des froissements de draps, des murmures. Rien ne vient, les parois rocheuses sont épaisses.

La viande m'a donné de l'énergie à revendre, je n'ai pas envie de dormir. Je glisse la main sous le lit et j'attire à moi ma dernière maison. La valise crisse doucement sur le sable. Au fond, à côté d'un gros bouquin qu'on m'a offert et que je ne lirai jamais, il y a un paquet de photos. Je défais le gros élastique rouge qui enserre la pile. C'est sûrement un souvenir de printemps, un élastique de fruitier, récupéré autour d'une botte d'asperges ou d'une touffe de cresson.

J'étale les photos sur le drap comme les cartes pour faire une réussite. Si je veux mettre de l'ordre dans mes souvenirs, il faut le faire maintenant. Je pense à une tante de ma mère qui a passé les vingt dernières années de sa vie à ranger les placards de sa maison. Zia Giulietta disait qu'elle voulait partir tranquille. Elle est morte très vieille, entourée de placards vides. Moi, ma vie tient dans une valise à moitié pleine.

La bouche de mon père me paraît immense. Je suis face à lui et je le regarde mâcher. C'est l'image même de la santé. Ses mâchoires broient les aliments dans un soupir de jouissance. Tout à l'heure, je le regardais s'affairer dans l'appentis qui sert de cuisine. Je détaillais ses gestes et je me sentais la tendresse d'une mère pour tous les petits gestes féminins qui lui échappaient. La volupté calme d'une main qui vient caresser la tempe entre deux coups de couteau aux pommes de terre, une certaine façon de s'essuyer les mains après avoir lavé les légumes, les gestes méthodiques d'une cuisinière accomplie. Il était magnifique, ses larges épaules serrées dans son gros chandail trop étroit, ses hanches disparaissant sous son jean trop large. C'est moi qui vais mourir et pourtant, je me répétais que j'étais heureux qu'il soit arrivé entier jusqu'à ces cavernes, qu'il lui ait été donné de connaître cette paix-là.

Ma mère n'avait aucun geste particulièrement marquant lorsqu'elle préparait à manger. Elle passait de sa machine à écrire à sa cuisine avec la même grâce. On aurait dit qu'elle s'occupait de nos repas presque sans y penser. Son esprit était ailleurs, les plats s'élaboraient comme par magie et ils arrivaient sur la table comme s'ils étaient passés là par hasard. C'est peut-être à cela qu'on reconnaît un homme : même s'il vit seul, les tâches ménagères revêtent un caractère exceptionnel et demandent de la concentration.

Des amis de Victor nous avaient prêté l'ancienne maison de leur grand-mère, en Bretagne. Nous étions perdus tous les deux, seuls au milieu de la campagne. Une parenthèse magnifique, en dehors de la vie. Assis sur le tapis, devant la cheminée, je regardais le feu. Dans mon dos, je sentais Victor s'agiter dans la cuisine. J'ai encore le frisson précis de l'émotion que je ressentais à ce moment-là. Victor n'était pas un homme d'intérieur, il était plutôt embarrassé par le côté matériel de la vie. Et là, il faisait l'effort de fourgonner dans la cuisine pour me préparer à manger. J'entendais la casserole cogner contre la passoire, les couverts tomber dans le saladier. Dehors, sur la lande, la nuit était extrêmement noire. Je regardais danser les flammes et je pensais : Victor est en train de me préparer à dîner et il le fait par amour pour moi. Nous avons posé nos assiettes sur le rebord de la cheminée et nous avons mangé en silence, blottis l'un contre l'autre. Victor, pour transformer des pâtes très ordinaires en un petit plat attentionné, avait mélangé un reste de sauce tomate avec de la crème et du thon. Mon italienne de mère aurait tout balancé à la poubelle, mais moi, j'ai gratté le fond de la casserole avec des frissons de reconnaissance. Ensuite, nous avons fait l'amour et ma langue a déposé des miettes de thon sur son gland.

Mon père arrête un instant de mâcher pour me regarder. Il me sourit et ses lèvres découvrent des dents colorées par la sauce. Je lui souris en retour et nous ne disons rien. L'un comme l'autre, nous savons que bientôt il nous faudra échapper à notre huis clos immobile. Nous prendrons la voiture pour traverser de nouveaux paysages. Nous allons sûrement accepter l'invitation de Janus et passer quelques jours au Cap. Au-delà, il n'y a plus de terre.

Les premières vacances avec mon père et Jacques, c'était en Bretagne, déjà. Jacques avait une belle voiture noire, nous longions la côte en changeant chaque soir d'hôtel. Ça ressemblait au *Manuel des Castors Juniors*, cette virée entre garçons. À Port-Lin, j'avais décidé que l'eau était trop froide pour me baigner, je suis resté longtemps au soleil et j'ai attrapé une insolation. Nous avons dû rester plusieurs jours à l'Hôtel de l'Océan parce que j'avais de la fièvre. Jacques et mon père tournaient en rond. Ils se relayaient au pied de mon lit pour me lire les aventures de Simbad le marin. Je sentais que je devais me rétablir rapidement. Ils voulaient me renvoyer au Club Mickey et rester tous les deux tranquilles dans la chambre l'après-midi.

Mon père est sorti téléphoner à ma mère, nous avions promis de l'appeler tous les jours. Je suis resté seul avec

Jacques. La fièvre était tombée, je me sentais mieux. J'ai demandé à Jacques s'il aimait mon père comme ma mère l'avait aimé. Il m'a souri et j'ai attendu une réponse. J'avais peur de sa réaction. Une fois les mots sortis de ma bouche, j'avais l'impression que ce n'était pas un truc à demander. Mais Jacques est resté souriant, il m'a regardé droit dans les yeux et il m'a demandé si je savais ce qu'était l'amour. Le jour baissait, les lumières s'allumaient une à une sur la plage en contrebas. Je sentais au fond de mon lit des grains de sable qui écorchaient mes coups de soleil. Je n'ai rien répondu. Jacques m'a dit que l'amour, ce serait comme un arbre avec une multitude de feuilles différentes. La sève qui circule dans les branches est la même pour tout le monde, mais chaque feuille, tout au bout des branches et des brindilles, est d'une espèce différente.

Mon père est rentré, m'annonçant que, la semaine d'après, je partais avec ma mère chez mes grands-parents en Italie. J'ai compris que c'était moi qui avais gâché les vacances et je me suis mordu la langue pour ne pas pleurer. Je me suis promis de ne pas demander le tome IV du *Manuel des Castors Juniors* à Noël.

Ce matin, dans la chambre, j'ai trouvé une pile de livres, sûrement des ouvrages qu'il a imprimés et reliés ici, dans le vieil atelier qu'il a remis en état en arrivant. J'ai pleuré en sentant sous mes doigts le creux qu'avaient laissé les caractères de plomb sur le papier bouffant. Cette typographie, cette reliure pleine toile, c'était l'œuvre de mon père. J'avais enfin des raisons de l'admirer, mais pas comme un fils, il est trop tard pour ça. C'est en sentant mes côtes saillir sous mes doigts maigres que j'ai compris en quoi mon affection pour lui était celle d'une mère. Il s'est reconstruit de fond en comble, ces dernières années, au rythme de ma décomposition. Au fur et à mesure que mon père grandit, mes forces m'abandonnent. Nous avons réussi l'inversion parfaite.

Il s'est levé, il fait la vaisselle. Je suis resté attablé mais je peux suivre ses mouvements à l'oreille. Tout à coup, la mélodie est interrompue par un bruit mat, un bris de vaisselle bien net. Le silence qui suit me semble interminable. Mon père sort de la cuisine avec, dans chaque main, la moitié du saladier qu'il vient de laisser tomber par terre. Ses yeux vont d'une moitié à l'autre, incrédules. Il a l'air d'un petit garçon qui vient de faire une bêtise et qui se demande si c'est réparable. Il me regarde, attendant mon verdict. Je me demande d'où il sortait ce saladier en Sarreguemines bleu. Ici, je pense que tout le monde utilise plutôt des bassines de tôle émaillée. Je hausse les épaules.

Mon père s'approche de moi, il me tend une moitié de son saladier cassé. Je ne comprends d'abord pas où il veut en venir, mais quand il lance la moitié qu'il a gardée en main contre le gros rocher à l'autre bout de la terrasse, je l'imite. Les petits morceaux de faïence de nos moitiés respectives se mélangent au pied de la roche rouge avec un bruit cristallin.

La maison est de plain-pied, c'est une chance. Elle s'étale comme une grosse araignée dans un fouillis de buissons grimpants. Nous passons une véranda à ciel ouvert, genre colonial. Les roues du fauteuil font un bruit sourd sur le plancher. Les pas de mon père résonnent derrière moi. La route a été longue jusqu'au Cap. Je suis à peine réveillé. J'ai dormi tout au long du trajet. Maintenant seulement, je me rends compte que les secousses de la voiture m'ont cassé le dos.

Dans l'encadrement de la porte, une femme souriante nous attend. Elle est penchée en avant pour retenir ses enfants dans ses jupes et relève la tête vers nous. Le mouvement fait saillir son menton et souligne la courbe longue de son cou. Une jolie photo de mère de famille comblée, comme on peut en voir de Lauren Bacall, jeune, chez elle à Beverley Hills. (Bogey doit être à la cuisine, occupé à préparer les cocktails.) En arrivant près d'elle mon père dit : «Bonjour Cynthia, bonjour les enfants!» en s'attachant exclusivement à ébouriffer les cheveux frisés des petits.

Cynthia me tend une main molle au bout d'un long bras. Elle me gratifie d'un beau sourire triste de bourgeoise qui s'emmerde. C'est une belle et grande femme. Je l'aurais rencontrée dans une boîte à Paris, j'aurais pu la prendre pour un mannequin d'Azeddine Alaïa. Mais ses vêtements de lin clair évoquent plutôt la couture italienne. On la croirait sortie d'un numéro de printemps de *Vogue*, quand au mois de mars il pleut encore sur l'Europe, et que les revues de mode proposent des pages particulièrement tropicales pour nous signifier que l'été approche, qu'il suffit d'un peu de patience. L'espace de quelques photos, on pourrait même croire que notre été ressemblera à ça, oublier que le métro sera encore plus insupportable qu'en hiver, qu'il y aura encore des cons pour défiler le 14 juillet, d'autres pour lancer des pétards sous le balcon, et qu'au mois d'août on s'achèvera à la Kronenbourg dans un camping surpeuplé à Carnac-plage. Cette femme-là, c'est l'évasion à domicile. Pas besoin d'Europe pour Janus. Entre ses études et sa femme, c'est un homme comblé. Les enfants disent bonjour en chœur. Ils me regardent sans trop oser me fixer, on a dû leur faire la leçon. Je crois qu'ils essaient d'évaluer mon degré de méchanceté.

Quand j'étais gosse, la maladie et la mort étaient toujours du côté de la méchanceté. Un jour, c'est une des rares fois où je me souviens d'avoir réclamé la main de ma mère, j'ai eu très peur en passant devant un enterrement. Je pensais que les gens en deuil étaient hargneux, qu'ils voudraient se venger de leur malheur. Ils m'attraperaient pour me sacrifier parce que j'étais petit et vivant. Ma mère portait un tailleur très cher. Je craignais que cet étalage de luxe ne les mette encore plus en colère. Pourtant, elle m'avait expliqué que ces gens ne me voulaient aucun mal, qu'ils étaient seulement tristes et qu'ils aimaient bien les petits garçons, surtout quand ils étaient jolis comme moi, avait-elle dit. Pendant ce temps-là, je fixais nos pieds en pressant le pas pour arriver plus vite au coin de la rue. Plus tard, aux enterrements, pendant la minute de silence, l'image des chaussures que ma mère portait ce jour-là surgissait dans mon esprit. C'étaient de magnifiques escarpins en veau-velours beurre frais. Le talon n'était pas très haut et leur ligne était interminable jusqu'à la pointe du pied.

Cynthia nous demande si nous avons fait bonne route, si nous souhaitons visiter le petit coin. C'est sûrement le trac de me retrouver au milieu d'une réunion de famille, j'ai justement envie de pisser. Cynthia me dit qu'on va me conduire et elle appelle.

«Jennifer, Jennifer, vous pouvez conduire Giuseppe au petit endroit, s'il vous plaît ? Vous serez gentille. »

Jennifer arrive en bondissant sur les semelles en caoutchouc de ses Doc Martens. C'est une grande sauterelle avec une bouche de grenouille. Elle empoigne le fauteuil et me pousse sans ménagement dans le couloir. Elle m'arrête devant une porte couverte de cartes postales. C'est là, le trône de porcelaine blanche est recouvert d'un abattant en acajou. Jennifer se plante face à moi. Cette fille a un regard qui vous transperce. Elle éclate de rire, elle me demande comment il faut faire. Je lui dis de me poser sur la cuvette découverte, je me débrouillerai.

Une fois la porte fermée, je parviens sans aucune difficulté à faire glisser mon pantalon. C'est un luxe incroyable, ces chiottes, en comparaison de la tinette, là-haut dans un coin du terrain devant les grottes. Je vais en profiter pour me délester au maximum, tant que je suis ici. Tout est prévu, il y a de la lecture. Le cabinet d'aisances est toujours un endroit privilégié pour connaître la vie des gens. Ici, apparemment, on a tout misé sur le confort et on ne traite pas l'évacuation des humeurs à la légère. C'est une affaire qui a son importance. Au moment où j'ouvre *Krazy Cat*, Jennifer se colle à la porte et engage la conversation.

«Ça fait du bien d'avoir de la visite, je ne vois jamais personne. Je suis ici depuis six mois seulement. Je suis anglaise. La nurse anglaise... enfin, ce qui est moins chic c'est que je viens de Liverpool.

— Vous pensez rester longtemps, ici?

— J'ai décidé de tenir le coup le plus longtemps possible. Les enfants ne veulent pas me parler parce qu'ils vont dans une école française et qu'ils ne veulent plus qu'on s'adresse à eux en anglais. S'ils attendent que je me mette à bouffer des grenouilles en parlant du *beau Paris, ma chère*, ils ont le temps de prendre du poil aux pattes. Oh, excuse, c'est vrai, tu es français. Je n'ai rien contre toi, c'est juste que ces petits cons gâtés me fatiguent. Tu sais, ils disent qu'ils voulaient une fille au pair française, qu'une Anglaise ça ne sert à rien. De toute façon, les enfants m'emmerdent en général. Je suis venue ici parce qu'il fallait que je quitte mon pays, c'est tout.

— On dirait que ce pays ne sert qu'à ça, oublier chez soi.

— C'est bizarre, ta voix. Elle a toujours été comme ça ou bien c'est la maladie ? Enfin, excuse, je suis con, moi, ce n'est pas des questions, ça. »

J'aime bien cette fille avec ses gaffes et sa façon de vouloir qu'on se dise tout. La situation est pourtant inhabituelle. Je n'ai jamais parlé avec des inconnus à travers une porte de chiottes. Elle doit percevoir tous les bruits mais je n'y pense même pas. C'est bien ma veine, il n'y a plus de papier dans le dérouleur. J'inspecte les recoins de la pièce, je me contorsionne pour découvrir sur le réservoir de la chasse d'eau le rouleau de papier en réserve. La vraie humiliation, c'est l'odeur lorsque je vais ouvrir la porte. Depuis que je suis ici, j'ai la diarrhée un jour sur deux. Dissimulée dans un coin par les livres et les revues, j'avise une bombe de déodorant fraîcheur goyave. J'appuie sur la capsule en plastique.

C'est Janus qui entre quand j'ouvre la porte. Il est venu relayer Jennifer qui doit mettre la table. Au salon, tout le monde a sa place. Cynthia et mon père sont face à face sur deux canapés et Janus occupe un fauteuil entre eux. Devant la table basse, il reste un vide pour ma voiturette. C'est ce qu'on appelle un salon bourgeois, avec de beaux meubles d'antiquaire et la lumière douce des grandes fenêtres, atténuée par des rideaux de coton fin. C'est amusant d'être ici, l'espace d'un instant, je me crois revenu à Paris.

Il m'est arrivé de m'asseoir dans ce genre de salon avec plusieurs canapés dénichés aux puces, des fauteuils dépareillés retapissés en tissu Liberty et une table basse japonaise encombrée de beaux livres en couleurs servant exclusivement à poser les tasses de thé et les verres de whisky. À Paris, c'était toujours les salons des autres. J'y séjournais pour une soirée ou un week-end, jamais plus. Il fallait vite que je retourne à ma tanière. Chez moi, les tables étaient hautes, il n'y avait qu'un fauteuil défoncé devant la télé et des livres de poche entassés dans des caisses de Bordeaux que le vendeur de chez Nicolas me mettait de côté pour me constituer une bibliothèque par éléments. La vie que j'avais souhaitée ressemblait à ça. Facile à faire, rapide à défaire, pratique. C'est ma voisine qui a récupéré les livres et le fauteuil. Tout le reste est retourné sur le trottoir d'où il venait.

Lorsque ma mère a décidé de se remarier avec son architecte, il a fallu déménager à Rome. Elle a fait ses bagages en chantant. Moi, j'ai refusé de faire mes paquets. Je ne voulais pas quitter Paris, je ne voulais rien emmener. Alors, Emmaüs est passé. Les chiffonniers dévoués ont embarqué ma collection de dinosaures en plastique avec laquelle je ne jouais plus depuis longtemps. Les deux hommes m'ont demandé si j'étais bien sûr de vouloir me débarrasser de tout ça. Ils avaient l'air ennuyé de prendre la collection complète, bien rangée dans son carton. Je revois les tatouages sur les biceps des deux grands moustachus qui hésitaient à ratisser ma chambre de petit garçon. Ils représentaient des dragons chinois cracheurs de feu, perdus dans des dédales de racines bleues qui semblaient sortir de leurs muscles.

À Paris, quand je vivais seul avec ma mère, je l'appelais

Claudia et je rentrais à la maison à l'heure qui me plaisait. Je passais ma vie dehors, à suivre les petites frappes de l'avenue Jean-Aicart. J'étais de loin le plus jeune mais j'avais un protecteur. Mouad était très grand, il faisait peur à tout le monde. Il était arrivé du Sénégal peu de temps auparavant pour travailler avec son père. Ce dernier passait toutes ses nuits aux abattoirs à surveiller la sortie des camions de viande. Mouad, lui, continuait à occuper ses journées à me protéger bénévolement. Dès que quelqu'un de pas net s'approchait de moi, il s'apprêtait à lui casser la gueule. Il venait me chercher à la sortie du collège et me raccompagnait au pied de l'immeuble pour le dîner. Sur les trottoirs luisants de pluie, l'hiver, il me parlait des paysages d'Afrique et du soleil.

À Rome, le détail qui m'a tout de suite sauté aux yeux dans la maison, c'est la taille du salon. Il y avait la place pour deux canapés, celui de ma mère et celui de son mari et aussi leurs quatre fauteuils. Les canapés étaient ventrus et prétentieux avec leur cuir lisse et sombre, deux retraités obèses qui n'attendent plus rien de la vie. Quand les plantes vertes ont commencé à jaunir, moi aussi, j'ai manqué d'air. Je me suis enfui pour retrouver Paris. Mais les flics avaient ratissé l'avenue Jean-Aicart. Plus de trace de Mouad ni des autres. Très vite, j'ai trouvé d'autres bras hospitaliers. J'ai refait mon nid sous les toits. Parce que nous vivions au ras du sol sur les tommettes peintes en rouge chinois, le plafond m'a toujours semblé haut. À travers les lucarnes, il n'y avait que le ciel. Les jours de grand vent, quand les nuages couraient comme des moutons affolés, on se serait cru en haut d'un phare, perdu en pleine mer. Tous les soirs, notre radeau larguait les amarres sur l'écume de nos bières. Les canettes vertes roulaient sur le sol en terre cuite avec un frottement régulier de toupie qui finissait par s'étouffer de lui-même.

Cynthia a préparé un verre pour moi. C'est un mélange compliqué de plusieurs jus de fruits frais, le genre de trucs que Jennifer doit boire au petit déjeuner pour faire le plein de vitamines. Ces boissons qui déclinent la variété du raffinement sans alcool, ça m'a toujours foutu les boules. Je préfère un verre de flotte simple et franc. Le jour où j'ai dû arrêter de boire, c'est de la convivialité que j'ai été privé. Ça ne sert à rien de faire semblant avec le même verre que les autres, mais vide d'alcool. J'ai passé l'âge des goûters d'enfants. Aujourd'hui, je ne bois que pour faire fonctionner mes reins.

Je sors ma bouteille d'eau minérale de la poche fourre-tout du fauteuil et je bois au goulot. Les enfants me regardent, étonnés. Cette fois, ils ont oublié les recommandations de leur mère. Je fais le con en enfonçant le goulot bien loin dans la bouche et en roulant des yeux affolés. Les enfants démarrent au quart de tour. Esmé et Rogé commencent à me trouver drôle. Ils foncent dans leurs chambres. Esmé revient avec plusieurs robes sur des cintres pour me faire un défilé de mode. Elle enfile les vêtements les uns par-dessus les autres et se dandine devant mon fauteuil. Sa maman lui dit de ne pas m'embêter, elle s'inquiète pour les robes qu'elle est en train de froisser. Rogé, lui, arrive avec une pile de livres. Sans hésiter, il grimpe directement sur mon fauteuil. Je dois lui faire la lecture. Cynthia hausse le ton, elle a peur que Rogé me fasse mal. Je la rassure, il ne pèse presque rien, ce gosse. Janus nous couve du regard, émerveillé par sa progéniture. Sa bouche prend une courbe un peu niaise, ses yeux sont humides et roses, saturés d'amour paternel. Le petit Rogé se blottit un peu plus contre moi. C'est agréable, cette masse vivante contre mes côtes, mais Rogé sent le lait caillé. C'est un petit garçon de cinq ans qui sent encore le biberon. Jennifer doit le bourrer de *milk-shakes* pour tenter de l'amadouer.

Bien sûr, les histoires sont en français. Je jette mon dévolu sur *Le Petit Poucet*. D'abord, il faut expliquer ce qu'est un ogre. Rogé, l'ogre n'en aurait pas voulu, il sent trop le lait tourné. Peut-être même que ça l'aurait rendu végétarien. Je suis le seul à comprendre pourquoi je ris. Cynthia annonce que nous passons à table.

À cause de l'encombrement du fauteuil, je me retrouve à présider la table. Les enfants sont côte à côte en face de moi. Ils me dévisagent de leurs grands yeux qui font peur. Janus sert le vin. Cynthia s'apprête à lui dire qu'il m'a oublié et se ravise en rougissant avec l'air de quelqu'un qui a fait une gaffe. Jennifer fait le service. Elle passe les plats en silence, du bon côté, elle est parfaite, juste un peu trop grande et bondissante pour une soubrette. Cependant, elle ne parvient pas vraiment à sourire. À part ça, elle fait des efforts avec sa petit jupe courte et stricte, son catogan à barrette et son caraco écossais à col blanc. J'ai l'intuition qu'il y a seulement un an, elle portait des jeans déchirés. Ses oreilles sont percées de trous vides qui, dans peu de temps, se refermeront. D'un côté, il y en a cinq ou six. J'essaie d'imaginer un petit tatouage sous le chemisier d'inspiration Burberry's.

Jennifer a déposé dans mon assiette un flan vert qui tremble encore quelques instants après le départ de la cuillère. Après examen, ça sent le concombre. Les saucisses ont un goût de viande sauvage, chacal, mangouste, chat-huant, je ne sais pas. Accompagné de gelée sucrée, c'est assez bon. Pour servir la salade, Jennifer tient dans la même main la fourchette et la cuillère. Ce sont des pousses de lentilles assaisonnées. J'imagine dans la cuisine les grands plateaux tapissés de coton hydrophile. À l'école primaire, il y avait toujours des couvercles de pots de Nescafé dans un coin de la classe. Le club « pouces verts » y faisait germer des graines sur du coton humide.

Pour la boisson, Jennifer sert les différents vins dans les verres qui leur sont réservés. Par égard pour moi, Cynthia a dû lui ordonner de suivre le même enchaînement pour l'eau. Jennifer s'applique à verser le contenu de la cruche successivement dans le verre à madère et dans le verre à vin. L'essentiel, c'est de participer.

Après les entrées, les enfants s'échappent de table pour aller voir la vidéo des *Malheurs de Sophie* au salon. Cynthia me dit qu'elle commande les cassettes à Paris. La prochaine fois, ce serait pratique... et puis, elle ne finit pas sa phrase. Elle doit être en train de réaliser qu'il y a peu de chances que je rentre chez moi. Le sang reflue vers ses joues et elle enchaîne sur le système éducatif qui laisse à désirer. Elle voudrait tant pouvoir dire que les écoles multiraciales sont satisfaisantes. Tout en remplissant régulièrement de vin le verre de mon père, Janus m'observe. Il épie mes réactions, mais rien ne filtrera. Je suis absolument en dehors du coup. C'est mon luxe, aujourd'hui. Qu'ils se démerdent, avec leurs histoires.

Quand nous nous levons de table, Janus pose sa main sur l'épaule de mon père, sans s'y attarder. Si mon père rit ou se moque de Janus, il lui envoie un petit crochet du gauche affectueux sur le plexus mais il ne déplie pas sa main. Sa paume reste enfermée à l'intérieur de son poing. Je suis fasciné par la subtilité de leurs gestes. Un naturel, une aisance incroyable. Ils ont mis au point toute une esthétique de l'amitié masculine.

Au moment de débarrasser la table, Jennifer intercepte mon fauteuil, elle annonce qu'elle m'enlève. Cynthia reste bouche bée quand elle la voit entasser les assiettes et les plats sales dans mes bras et sur mes genoux pour pousser ensuite son Caddie vers la cuisine. Là, une petite femme noire astique les fourneaux. C'est la cuisinière, cette pièce est son territoire. Quand elle me voit, elle suspend ses gestes un instant. Elle me sourit d'un petit air craintif. Jennifer balance la vaisselle dans le bac d'eau chaude et me met un torchon dans les mains. Ce genre de fille a toujours fait ce qu'elle voulait de moi.

Il y a longtemps maintenant, je marchais dans la rue quand j'ai été arrêté par un claquement de doigts. Un visage de fille me faisait un sourire radieux. « Arrête-toi deux secondes et viens par ici. C'est absolument impossible qu'on passe l'un à côté de l'autre sans prendre un peu de temps. Même dans cette grande ville, au milieu de la foule, nous ne pouvons pas nous rater. » Nous avons traversé des places plantées d'arbres et de fontaines. Une épaisse forêt nous protégeait des regards. On entendait le murmure d'un ruisseau. Un moment plus tard, nous étions chez elle et elle me demandait de me rendre utile. «Prépare-nous du café, je vais prendre une douche.» C'était pratique, je n'avais aucune question à me poser sur la manière de me comporter, seulement à suivre les instructions. Ensuite, elle a changé d'avis et m'a appelé sous la douche. En me savonnant le dos, elle m'a dit son nom, Louise.

Je me suis installé chez Louise, comme elle me le demandait. Je me souviens du relief de la peau sur ses jambes pas épilées. Aujourd'hui encore, si j'ai besoin de douceur, je repense à ses seins confortables et un peu amers comme du miel de thym. Louise a toujours défait son soutien-gorge elle-même. C'est elle qui arrachait rageusement ses vêtements. Dans un soupir elle se démenait en tous sens pour se trouver nue le plus vite possible. Louise n'a jamais participé à cette perversité féminine, ce moment où la fille attend en jubilant que le mec peine sur son agrafe avant de dire, avec un petit air condescendant : «Attends, je vais t'aider», Louise l'a toujours escamoté. Elle n'était pas de ces filles qui changent de modèle de lingerie toutes les semaines pour mettre leur amant au défi de s'en sortir, persuadées qu'il faut être née femme pour maîtriser une petite agrafe, du moment qu'elle ferme un soutien-gorge. Il n'y a jamais eu avec Louise de domaine réservé. C'est moi qui achetais les boîtes de Tampax qu'elle notait sur la liste des courses.

Enchaîné à son lit, j'ai connu le bonheur de ne pas me poser de questions. Les pentes du toit fuyaient en diagonale sur les rectangles des lucarnes. Elles faisaient un cadre déformant pour les images. Des souvenirs de biais.

Quand Lily, la cuisinière, comprend que nous faisons équipe pour la vaisselle, son visage reprend de l'assurance, elle découvre ses dents en souriant. Elle lave tranquillement les assiettes, avec des gestes amples et sûrs. Elle les rince au robinet et me les tend délicatement. Lily attend d'être sûre que je les ai bien en main pour les lâcher. Une fois essuyées, je dois poser les assiettes sur mes genoux. Les deux mains libres, je peux alors rouler jusqu'au meuble où il faut les ranger. Chaque échange de vaisselle donne lieu à un sourire absolument silencieux. J'ai trouvé une maman africaine.

Jennifer s'est mise à l'aise. Elle est perchée sur la machine à laver, les jambes croisées très haut. Elle a retiré ses chaussures et mâche du chewing-gum en faisant de grosses bulles roses. Jennifer fouille dans une boîte à gâteaux sur l'étagère au-dessus d'elle. Elle en sort deux livres aux couvertures austères. Elle m'explique qu'elle a entrepris l'éducation politique de Lily. L'avenir du pays passe par là. Lily me passe le plat à viande. Quand Jennifer prononce les mots « conscience politique », Lily me fait un clin d'œil.

Louise voulait me faire lire les livres qu'elle aimait. C'est peut-être le seul point sur lequel j'ai résisté. Je suis reparti de chez elle un matin sans avoir ouvert *Belle du Seigneur*. Louise passait son temps à échanger des livres et des impressions de lectures avec ses amis. Je trouvais ça répugnant, cette façon de subordonner les livres à des liens affectifs et de les tripoter à plusieurs. L'obscénité de la culture est là, dans cette sorte d'échangisme de salon. J'aime les livres qui, comme des conserves sur une planche de grenier, attendent d'être rouverts par des mains qu'ils connaissent.

Mes souvenirs avec Louise ressemblent à la poussière qu'elle remuait certains matins, quand je tombais encore de sommeil. Dans les rayons du soleil qui descendaient de la lucarne sur le lit, je regardais les petits grains de matière danser comme des acrobates grotesques qui, de toute façon, s'écraseront au sol. Ces matins-là, Louise avait décidé qu'il était urgent de se rendre à tel ou tel endroit. Ses désirs ne souffraient aucun retard. J'enfermais mon odeur de nuit dans mes vêtements, c'est elle qui me tiendrait chaud sur le chemin. Parfois, les destinations de nos excursions changeaient brutalement. La géographie de Louise était capricieuse. Elle n'a plus jamais remis les pieds aux réunions du collectif antiraciste du quartier après qu'une vieille fille du Secours catholique m'avait fait remarquer les petites traces jaunes que la nuit avait déposées au coin de mes yeux.

La vaisselle s'achève dans la répétition de mouvements bien réglés. Du dessus de la machine à laver où elle a élu domicile, Jennifer commence son sermon. Ses gros seins sont compressés sous la toile, comme ceux d'une bonne sœur. La mère supérieure l'a chargée de la lecture aux cuisines. Elle y met du cœur. Son doigt ponctue chaque phrase. Il trace des lignes verticales et horizontales qui se coupent en signe de croix.

Je m'applique à ne pas laisser de traces en essuyant les verres. La grâce ne s'accommode d'aucune brume.

Jennifer fouille dans ses livres avec frénésie. Le papier jaune a été corné aux pages les plus édifiantes. Les passages importants sont coloriés de bleu fluorescent. Lily part d'un gros rire sonore qui ride la mousse de l'eau de vaisselle. À les regarder, on pourrait croire que Jennifer lit des morceaux choisis de l'*Almanach Vermot*. Cette vaste blague réjouit Lily. Imperturbable, Jennifer continue sa leçon. J'astique les couteaux en suivant méthodiquement le fil de la lame.

En disparaissant dans le siphon, l'eau de vaisselle émet des gargouillements terrifiants. L'enfer est quelque part sous l'évier.

Jennifer pousse le fauteuil à toute allure. Nous nous trouvons sur un chemin de sable rouge bordé d'herbes folles. Je pense à ces Résistants déguisés en bonnes sœurs de la Croix-Rouge qui faisaient évader des prisonniers. Elle court presque, et nous prenons le large. J'ai l'impression de partir pour la traversée des États-Unis. De l'autre côté du continent, il y a peut-être de l'or. Je sursaute à chaque motte de terre, les cailloux se soulèvent sur notre passage. Je sens monter en moi l'envie de vomir. J'ai le souffle court, je suis vivant. Le voyage m'arrache des cris aigus de petit garçon sur un grand huit.

Jennifer me raconte le champ de foire à Liverpool, derrière l'usine où son père a laissé sa peau. Petite fille, elle y allait le dimanche avec ses parents et sa cousine. Si c'était le début du mois, son père payait des glaces à toute la famille.

« Comme nous ne pouvions aller que sur deux ou trois attractions, nous passions une heure à faire le tour, à peser les avantages et les inconvénients de chaque manège avant de faire notre choix. Aujourd'hui encore, je pourrais te décrire ceux sur lesquels je regrette de ne pas être montée. »

À la Foire du Trône, il y avait encore mes deux parents, cette année-là. Quand mon ticket était sorti à la loterie, je n'avais pas hésité, c'était lui, le gros ours blanc très doux, il m'attendait, je l'avais reconnu. Comme il était un peu plus grand que moi, je n'arrivais pas à le porter. Mes parents avaient pris chacun une patte pour le faire marcher entre eux deux. Moi, je courais devant en me retournant régulièrement pour voir l'effet que ça faisait d'être entre papa et maman. Je m'étais pris à croire que l'ours était vivant et qu'une fois à la maison, dans le noir de ma chambre, la nuit, il m'embrasserait dans le cou. Il s'appelait Miko, il ne m'a jamais embrassé. Il est resté des années dans ma chambre, sur le dos, les pattes en l'air.

La brise est plus fraîche, Jennifer pousse de grands cris. Un frisson de congés payés fait vibrer l'air autour de nous. Nous sommes à la mer. En bas de la falaise, le vent, en soufflant du large, dessine des rides sur le sable.

« Regarde, au loin, si tu remontes vers le haut, là-bas, c'est chez nous. Dans les films, ils disent : « Qu'il est loin mon pays », moi je dis : "Qu'elle est loin ma vie..." »

Jennifer chante *Arriva Gigi l'amoroso*. Nous sommes arrivés en haut des falaises, il n'y a plus qu'à sauter. Je me sens comme un gamin qui fait un pacte d'amitié, croix de bois, croix de fer. Cette inconnue anglophone, je l'ai identifiée au premier coup d'œil. Elle est la sœur que j'ai parfois cherchée.

Nous prenons le chemin qui borde la côte. Le soleil perce

à travers les nuages et Jennifer sort pour moi une casquette du sac fourre-tout. Elle rabaisse les manches de ma chemise pour me protéger les bras. Cette fois, le fauteuil avance calmement. Jennifer commence à me raconter sa vie.

Elle est venue ici pour oublier. C'est tenace, cette tradition romantique de femmes rompues et d'hommes brisés qui, toujours, prendront l'Afrique pour la mère consolatrice. Et pourtant, la terre rouge sang-de-bœuf ne tardera pas à me réchauffer en son sein, et, avec un peu de chance, l'eau salée et verte qui bouillonne à nos pieds finira par laver les plaies de Jennifer.

« C'est Janet, la vieille, la mère de Janus. Elle avait passé une annonce dans un journal londonien sans même prévenir Janus et Cynthia. Elle a débarqué chez eux un beau jour et leur a dit qu'elle avait trouvé une jeune fille au pair, qui venait exprès d'Angleterre. Moi, j'étais derrière elle et je comptais les mouches au plafond. Janus et Cynthia étaient très gênés, tu penses ! Mais, bon, ils m'ont tout de suite acceptée. Ils sont très gentils, et, surtout, ils ne me demandent jamais d'où je sors ni ce que j'ai fait jusqu'à présent. Janus est un type bien. Quand tu connais sa mère, tu te dis qu'il a du mérite de ne pas être con. Peut-être que son père était un mec génial ? Cynthia est gentille mais elle est très flippée avec les histoires de couleur de peau. Si tu veux, comme elle est métis, je m'attendais, comme une crétine, à ce qu'elle soutienne la cause des Noirs. Mais, bien sûr, c'est l'inverse. Elle fait tout ce qu'elle peut pour faire oublier ses origines. Tu as entendu son accent d'Oxford ? Moi, à côté, avec mon accent des faubourgs de Liverpool, je passe pour une attardée. La vieille, la mère

Janet, c'est autre chose. Elle trouve ça formidable que sa belle-fille soit de couleur. Elle est progressiste, de gauche et tout, mais à part son jardinier et sa bonne elle ne connaît pas de Noirs. Elle en connaît si peu que, toutes les nuits, elle est réveillée par des fantasmes de viol africain, comme n'importe quelle ménagère européenne. C'est fou, cette peur. Alors, évidemment, en arrivant dans la maison, j'ai commencé à travailler la conscience politique de Lily. Ça me change des groupes de lesbiennes cravacheuses à Liverpool, des happenings en cuir dans les églises les jours de mariage. Toi, ça se voit, la politique, tu t'en fous. Tu n'as jamais été un militant, Gigi, ne me dis pas le contraire. Mais ce que tu as au fond de toi, c'est une conscience politique intime faite de bons réflexes. Avec le père que tu as, Gigi, c'est inévitable. J'aime bien cet homme. »

Là, je pourrais répondre que moi aussi, je l'aime, mais je préfère laisser le silence prolonger la phrase de Jennifer. C'est toujours magique quand les autres parlent à votre place. C'est comme si l'affection de Jennifer pour mon père rendait mon sentiment plus légitime. Cette fille parle d'elle comme si on se connaissait depuis l'enfance et je ne trouve pas ça indécent. Je ne l'ai pas encore classée au dossier des hystériques. Il semble qu'elle choisisse ses interlocuteurs. Elle voit à qui elle a affaire, je ne pense pas qu'elle se répande chez le boucher ou dans le salon de Cynthia. Jennifer me parle d'elle et c'est comme si ses paroles m'aidaient à mettre de l'ordre dans mes souvenirs.

Quand j'étais petit, ma mère me faisait changer de sous-vêtements et de chaussettes tous les jours. Comme ça, en cas d'accident, disait-elle, on arrive propre à l'hôpital et on échappe à la honte. Il fallait aussi faire son lit et ranger sa chambre en cas de visites à l'improviste. Aujourd'hui, je veux mourir ordonné. Tout doit être nickel pour mon départ. Quand je suis venu ici, j'ai téléphoné à un taxi pour aller à l'aéroport. Je n'ai pas eu le courage d'appeler mes amis, j'ai préféré disparaître sans faire de bruit.

Dans le taxi, je n'arrivais pas à fixer mon attention sur les murs de la ville que je quittais. Je me répétais pourtant que toutes ces choses, je les voyais pour la dernière fois, mais mon esprit était ailleurs, alourdi par la peur d'avoir oublié quelque chose. Jusqu'à Roissy, j'ai retourné dans ma tête toutes les démarches qu'il avait fallu faire avant mon départ pour ne rien laisser en souffrance derrière moi. Est-ce que j'avais réglé toutes les factures, rendu ce qu'on m'avait prêté, attribué les quelques affaires auxquelles je tenais, sans oublier aucun de mes amis? La liste était restée chez ma voisine, elle ne devait faire la répartition qu'après mon départ. Je montais et descendais mentalement la colonne de noms, tout semblait en ordre.

C'est dans l'avion, après le décollage, que tout est arrivé d'un coup. J'ai brusquement revu tout ce que je ne ferai plus. Manger une glace avec Victor, au Jardin des Plantes, le premier jour de soleil du printemps. S'engouffrer dans un cinéma sur les boulevards, un jour de pluie. Boire un ballon de muscadet sur le coup de sept heures, au comptoir du bistrot du coin. Faire le marché le dimanche matin et fêter les premières fraises avec Louise. Regarder un feuilleton à la télé chez ma voisine, en mangeant des chips à l'oignon. Arroser le tout avec du champagne qu'elle rapporte de chez son père, du côté d'Épernay. Suivre un homme dans une bouche de métro. Sortir avec lui de l'obscurité pour monter vers le soleil. Sentir son odeur rabattue par le vent. Attendre Ernest pendant des heures, au Luxembourg, quand les arbres de Judée perdent leurs fleurs et que les pieds disparaissent dans un épais tapis rose. Entendre le claquement des balles sur les courts de tennis. De retour bien au chaud sous la couette, manger des croissants qu'on est sorti chercher dans le froid à la Nation. Porter son vélo à réparer à la Bastille. Boire un café chez Stella en passant. Aller acheter des livres dans le Marais. Passer sous les fenêtres de Victor, le soir, et guetter les ombres devant le lampadaire.

J'ai pleuré tout doucement, pour moi-même. L'hôtesse est passée avec les écouteurs. Je me suis branché sur la radio. Édith Piaf s'est mise à chanter *Je ne regrette rien*. Je sais qu'elle était déjà très malade quand elle est remontée sur scène pour créer cette chanson.

« Ici, je me sens seule, mais c'est comme si j'avais le droit. Pour moi, c'est dans l'ordre des choses, ça va avec le paysage. À Liverpool, j'ai failli mourir de solitude après le départ de Maggie. Tu sais, Maggie était toxico, et quand elle ne rentrait pas la nuit, je restais assise à côté du téléphone à attendre qu'on me demande de venir reconnaître le corps. Quand je l'ai rencontrée, elle se piquait déjà et j'ai cru qu'elle pourrait arrêter si je l'aimais. Tout ça est d'une banalité affligeante. Moi, ma mère est alcoolo, je connais trop bien la question. Non, jamais plus. Après la mort de mon père, j'ai tout arrêté. C'est fini, je m'en suis fait le serment sur sa tombe. Mon père m'accompagne, il est là derrière moi pour m'aider à tenir ma promesse. Mais ce n'est pas suffisant, il faut aussi que je m'acharne à vouloir sauver les autres. Alors, avec Maggie, j'ai fait l'infirmière. J'ai voulu croire qu'un bain tiède et des caresses pourraient résoudre ses crises de manque. Pendant plusieurs années j'ai dormi avec un indicible troisième entre Maggie et moi. J'ai vécu dans l'angoisse d'un coup de fil ou d'une overdose qui viendrait foudroyer son corps infantilisé et défait. J'ai tremblé de la retrouver morte au matin. Et un soir, quand je suis rentrée, il y avait un mot sur la table. Ses affaires avaient disparu. L'« autre » avait un nom. Maggie est partie avec un Allemand qui était son dealer. Après, bien sûr, il n'y a rien qu'une solitude insoutenable. Sortir faire des happenings outrageants avec d'autres filles, se battre pour la cause alors que la femme que tu aimes a disparu de ta vie. Supporter des avances merdiques de *butch* déchaînée sur le motif : "militer ensemble, ça crée des liens, profites-en, nous sommes entre nous." Il n'y avait qu'à se laisser dériver doucement. Ma mère s'inquiétait pour moi. Au téléphone, elle ne savait pas si elle devait me demander comment je me sentais ou m'engueuler parce qu'elle m'avait vue à la télé, le crâne rasé, brandissant un godemiché en flammes au mariage de la fille du député. C'est plutôt pour le principe qu'elle m'aurait fait des reproches, parce que, sur le fond, ma mère, plus c'est le bordel, plus elle est contente. Elle rêve encore qu'un jour les communistes vont la venger de sa vie de merde. La seule vraie peur de ma mère, à ce moment-là, c'était que je me cogne la ruche un peu trop fort et que je reste scotchée à la bouteille. »

Le matin, je faisais la tournée des commerçants du quartier, mon cabas de moleskine à la main. Chacun me disait un petit mot gentil, me faisait comprendre qu'un client est toujours quelqu'un qui compte pour la boutique. Je voulais prendre ça pour de la chaleur humaine et je me disais que le bonheur, c'était faire ses courses le matin avec un cabas à carreaux. Au moment où j'essayais d'y croire, je savais que je n'avais jamais été aussi malheureux. La seule chose qui aurait pu compter, ç'aurait été de partager ces petits riens avec quelqu'un. Seul, tout ça n'avait aucun intérêt. J'avais beau m'appliquer à faire les gestes dans le bon ordre, ça ne prenait pas. J'étais tout seul face à mon steak.

Si seulement ma mère avait pu m'appeler à ce moment-là, pour m'engueuler. Mais j'avais tout fait pour qu'elle ne le fasse pas. Et pourtant, j'ai toujours rêvé qu'elle force le barrage que j'avais construit entre elle et moi. Mon rêve était à la hauteur des précautions que j'avais prises, inviolable. J'ai pu lui en vouloir tout à loisir. Mon calcul était juste, il n'y avait pas de place pour moi dans sa vie de femme mariée. Quand je pense à elle, je me dis qu'elle n'a même pas le luxe de la boisson pour s'emmerder un peu moins dans sa cage. Elle doit rester convenable et adaptée à la vie qu'elle s'est choisie.

Quant à descendre dans la rue en meutes colorées pour

défendre la cause de mon cul, je n'en ai jamais vu l'intérêt. Je ne vois là aucun motif de fierté. J'aimais Victor et je l'ai quitté, c'est tout. Quand je suis sorti des bras d'une femme pour me nicher dans les siens, je n'ai pas eu l'impression de faire quelque chose d'interdit, de nouveau ou d'exceptionnel, qui allait révolutionner ma vie et lui donner un centre de gravité inattendu. C'était juste lamentable de conformisme. L'histoire se répétait bêtement sans qu'il y ait d'effort à faire. C'était comme une maison de famille qu'on se transmet de génération en génération, sans se poser de question, jusqu'au jour où un héritier sans cœur la vend. Je n'ai pas voulu manquer de cœur, il faut croire.

Quand je suis tombé amoureux de Victor, les mots sont devenus inutiles. J'ai eu du mal à identifier mon bonheur, je ne lui ai pas trouvé de forme reconnaissable. Alors, je me suis mis à aimer frénétiquement les romances. Je voulais dévorer cette félicité bon marché, celle qui appartient à tous et que les chansons font traîner dans la rue. Ensuite, lorsque j'ai quitté Victor pour lui épargner ma dégradation, ma souffrance manquait toujours de mots. Ma douleur était encore moins tangible que mon bonheur.

Descendre dans la rue, ç'aurait été s'expliquer, et moi, je n'avais rien à dire. À un moment, avec Victor, nous avons cherché ensemble à quoi nous ressemblions. D'autres gens vivaient comme nous et si nous n'arrivions pas à nous voir nous-mêmes, nous pourrions au moins les observer pour savoir où était notre famille. Les jours de manifestation, nous nous débrouillions pour sortir faire des courses et regarder, depuis le trottoir, ceux qui se trouvaient dans le défilé au milieu de la rue.

Mais nous avons aussi fait des efforts pour devenir membres de la grande famille. Nous avons fréquenté un comité de droits civiques, une cellule antidiscrimination, une ligne d'écoute de jeunes en détresse. À chaque fois, nous retombions sur les mêmes dinosaures. Jusqu'à la porte du café, ils avançaient en serrant les fesses. La tension musculaire irradiait jusqu'à la bouche, la tordant dans un rictus de dédain et donnant à leur visage un aspect pincé de femme de notaire. Passé la porte, les corps se relâchaient dans une mollesse indécente, les langues se déliaient, les lèvres s'alanguissaient, les roucoulements pouvaient commencer. Surgissaient alors les inévitables mères *extraordinaires* quelque part en province, «mais surtout ne dis rien à ton père», les sœurs courages qui parlaient de l'oncle avec leurs enfants, les petits anges italiens enfuis en pleine nuit, après l'amour, quand le sommeil est le plus lourd, avec un ou deux costumes de chez les couturiers japonais, l'enveloppe du loyer et éventuellement un bijou de famille, les éternels amis artistes et bien placés, des places gratuites pour l'opéra, les enfants qui ne naîtront jamais, les femmes inaccessibles — regrets éternels — et les monstres d'hystérie qui justifient notre choix, la jeunesse qui a foutu le camp, la solitude encore et encore. C'était insoutenable et triste. Nous avons fui le plus loin possible pour nous concentrer sur notre amour et oublier à quoi nous pourrions ressembler.

Jennifer me masse doucement les épaules face à l'océan. Sur le sable, un chien noir fait des bonds. Il court dans une direction, dérape pour s'arrêter brutalement, repart, bondit. C'est un chien fou. Il ne sait plus comment se diriger. Il met le museau au vent, sa truffe cherche un indice et puis il tourne sur lui-même. Il est seul et perdu. Ses pattes ont dessiné des arabesques sur la grève. Sa truffe suit les rigoles d'eau salée qui le ramènent à son point de départ. Bientôt, la mer montera et effacera ses traces.

Les roues du fauteuil peinent un peu sur les taupinières, en haut de la falaise. Avant de reprendre la route, mon père a voulu faire une dernière promenade. Une brise légère se lève. Elle est tiède. Dans un souffle, mes cheveux se soulèvent. Mon crâne ballotte de droite à gauche au rythme des caprices du terrain. Je me fais de plus en plus l'effet d'une femme girafe. Infidèle, on vient de trancher les anneaux métalliques qui enserraient mon cou et je tente en vain de maintenir droite ma tête devenue trop lourde pour la frêle tige qui la soutient. Bientôt, la colonne d'air qui me permet de survivre ne trouvera plus son chemin à travers mon larynx. Pour le moment, je sens le vent sur mon front et je parviens à tourner la tête pour sourire à mon père.

En bas, à la limite des vagues, le soleil tombe tout droit sur le sable mouillé. C'est un miroir argenté où nous nous reflétons. Deux silhouettes sombres avancent lentement sur le sable. La femme porte des bottillons et un col roulé. Dans le fauteuil roulant devant elle, sa fille est sanglée dans un imperméable noir. La femme fait de petits pas réguliers, elle se tient toute droite. Elles avancent sans à-coups, d'un mouvement harmonieux. Je risque de rompre le charme en criant pour les appeler. Je crains de voir le visage de la femme quand elle se tournera vers nous.

Je me concentre sur notre laborieuse progression entre les mottes de terre. Un gros oiseau tourne autour de nous en poussant des cris rauques. Au loin, les buissons épineux s'inclinent pour descendre en pente douce vers un groupe de maisons rouges cachées au creux d'une vallée. Mon père me désigne l'endroit du doigt. La mère de Janus vit encore, dans la seule maison blanche du village, entourée de murs pour protéger ses palmiers et sa collection de cactus. Janet doit s'ennuyer en caressant Nelson, son chat persan. Elle attend la visite de ses petits-enfants qui préfèrent jouer dans leurs chambres avec la console de jeux vidéo qu'elle leur a offerte. Nous ne la croiserons pas. Elle ne sort jamais. Seuls, dans ce paysage abandonné aux heures les plus chaudes de la journée, nous mesurons nos gestes pour ne pas nous faire peur.

Sur la plage, la marée monte imperceptiblement en reprenant un à un les anneaux d'algues noires qu'elle avait abandonnés à la descente. L'eau se propage très vite à l'assaut de la pente. Sur le sable se dessinent de grands cercles humides qui vont s'élargissant. Il n'y a aucun château à saper, seuls quelques insectes sont dérangés par l'arrivée de la vague. Ils sautent un peu plus loin en formant un nuage sombre.

Je n'ose pas me tourner vers mon père de peur de devoir constater qu'il ne voit rien en contrebas de la falaise. Je voudrais croire que les deux femmes qui avancent à la bordure des vagues sont bien réelles. Elles n'ont pas changé de place. L'eau commence à monter autour d'elles mais la mère, imperturbable, pousse toujours sa fille. Au milieu d'une tache d'argent sur le sable mouillé, elles avancent dans le sens opposé au nôtre. Nous sommes à l'endroit précis où nos chemins se croisent. J'incline légèrement la tête. C'est la fille qui lève faiblement le bras de sur ses genoux en signe de salut. Derrière elle, la mère, raide comme la justice, pousse sa fille vers son destin. On dirait une infirmière euthanasiste. La fille doit sourire péniblement en sentant approcher la délivrance, mais comment pourrais-je le voir, d'où je suis?

Le bord de la falaise est friable. On pourrait rouler sur un à-pic sans le savoir. Là, à trente centimètres, c'est le vide. Il suffirait d'une motte de terre rebelle, mon père pousse le fauteuil plus fort, la touffe d'herbe qui coinçait la roue cède brusquement. Dans le mouvement, le fauteuil va plus loin que prévu. Dès qu'une roue mord le vide, il n'est plus question de retenir quoi que ce soit. C'est la chute. Mon père pourrait seulement lâcher les poignées pour ne pas être entraîné.

Je regarde en contrebas, j'évalue la distance. Un petit frisson me parcourt. Je ne peux pas m'empêcher de me demander si mon père pense à la même chose que moi, en ce moment. Tout serait tellement plus simple, un accident, idiot comme tous les accidents. Une fin brutale, nette et rapide. Je sens mon corps foutre le camp de partout, je sais que tout va traîner en longueur de façon immonde, que j'aurai bien le temps de voir la mort se pointer la gueule enfarinée, je ne me fais aucune illusion sur la fin

dégradante qui m'attend et pourtant, je ne veux pas que
mon père pousse le fauteuil dans le vide. Je veux rester
encore un peu, j'ai envie de m'accrocher.

La main de mon père me touche les cheveux. Le bras
qui reste libre pour le fauteuil ne suffit sans doute pas à
garder une trajectoire rectiligne. Les roues se déportent
légèrement sur la gauche. Je pousse un cri. Juste à temps,
mon père reprend en main les deux poignées et me pousse
à l'abri, plus loin du bord. Il traîne sa charrue en s'appli-
quant à tracer un sillon bien droit. Une ligne de sang au
milieu de l'herbe verte.

Pour la première fois depuis mon arrivée en Afrique,
du haut de cette falaise aux bords friables, je perçois que
le temps m'est compté. Il faut bien que je me décide à délivrer le message qui me brûle les lèvres et que j'ai tu si longtemps. Je dois me décider, nous sommes seuls, la mer me
donne un peu de sa force, c'est le moment.

«Papa... Je dois te dire, j'aurais dû t'en parler lorsque
je suis arrivé... Il faut que tu saches, Jacques est mort.»

La progression du fauteuil est brusquement stoppée.
Dans mon dos, j'entends de gros sanglots sourds, de ceux
qui secouent tout le corps sans libérer de cri. Je peux même
imaginer de grosses larmes. Je ne peux rien voir. Mon père
s'est reculé, il est hors de ma vue, même si je tourne la
tête à la limite du point où ça me fait hurler.

Je tente de me figurer la souffrance de mon père. Je crois
que c'est la première fois de ma vie que j'essaie de le faire.
J'ai le rôle du bourreau et c'est insupportable. Je me souviens, quand j'aimais quelqu'un, j'imaginais toujours le
moment où on viendrait m'annoncer sa mort. J'inventais

pour chacun des situations, des formes de téléphone, des couleurs d'enveloppe, des messages en langue étrangère, le papier bleu d'un télégramme posé sur la table de nuit. Un inconnu se retournait dans mon lit au milieu de la nuit, il grognait parce que le groom avait frappé à la porte de la chambre en glissant dessous un message urgent. Un réverbère blafard éclairait faiblement la cuisine, le café n'en finissait pas de chauffer, mes larmes tombaient régulièrement sur le feu en faisant grésiller la flamme sur le brûleur. Jamais je n'avais imaginé devoir moi-même apprendre une telle nouvelle à quelqu'un. Je n'aurais pas dû choisir un bel après-midi ensoleillé au bord de la mer pour un drame aussi colossal. Mais depuis longtemps je ne choisis plus rien.

Mon père a dû s'asseoir au bord du vide. Il s'est laissé tomber dans l'herbe. J'entends de faibles sanglots réguliers, qui meublent un peu le silence. Le soleil me tape verticalement sur la tête. J'attends que mon père se relève et qu'il me ramène vers la vie.

De là où nous sommes on ne peut plus voir le sable, rien que l'eau qui accroche la lumière pour la faire. danser. De gros oiseaux se laissent tomber de la falaise. Ils dégringolent comme des cailloux, prennent de la vitesse et ouvrent leurs ailes pour descendre en vol plané jusqu'aux vagues. Là, ils se laissent porter par le courant pour rejoindre le reste de la troupe massée au large.

1993
CLAUDIA

Depuis que j'ai hasardé une jambe hors du lit, mes oreilles n'ont pas cessé de siffler. C'est un bourdonnement continu qui dure depuis plusieurs jours. Quelque chose me dit qu'on est en train de me tailler un short. Quelque part dans le monde, on cherche à m'habiller pour l'été. D'ordinaire, ça m'amuse plutôt de savoir qu'on dit du mal de moi. J'essaie de m'imaginer ce qui peut se dire et, un quart d'heure après, j'ai oublié. Là, ça me tient, j'ai besoin de savoir qui crache son venin. Je finirai par savoir.

C'est fou, cette intuition qui ne me lâche jamais. Le jour de la mort de ma mère, je me suis sentie mal vers midi, et c'est moi qui ai appelé mon père avant même qu'il ait pensé à décrocher le téléphone pour me prévenir. Il a juste dit : « Oui, ma toute belle, il est trop tard. C'est fini », sans que j'aie posé aucune question. J'avais la certitude qu'il s'était passé quelque chose. Pourtant, elle n'était pas malade, une vieille femme en pleine forme.

À l'école, déjà, on me donnait des bonbons en échange d'informations sur les dates d'interrogations écrites. Les rêves prémonitoires, dans mon entourage, je n'en parle pas.

Ces croyances occultes de vieille paysanne un peu fruste, je les garde pour moi. Je m'arrange pour prévenir mes proches, à demi-mot, des dangers qu'ils courent.

La lumière blanche de nos nouveaux spots adoucit un peu les contours du visage, mais rien n'est aussi efficace que les doigts pour tirer sur les rides. À mon âge, il ne faudrait plus rêver. On porte toute la journée sur sa figure les cicatrices de ses rêves. Aujourd'hui, ma bouche restera un peu déformée jusqu'au soir, tordue en un petit rictus de peur. Dans mon sommeil, mon fils est venu me torturer. Je le voyais arriver en moto, il faisait irruption dans la maison comme un commando en hurlant qu'il voulait manger du caviar. Je lui répondais qu'il n'y en avait pas et il fouillait tous les placards de la maison. À un moment, il tombait sur ma lingerie et il essayait de l'enfiler par-dessus sa combinaison en cuir. J'ai dû gémir un peu et me retourner sur le côté, ça m'a réveillée. Je me souviens du biceps de Luigi auquel je me suis accrochée, l'autre main posée sur son cœur. La nuit, ses battements réguliers me rassurent. Les premières nuits que j'ai passées avec lui, je me réveillais en nage et je vérifiais, angoissée, s'il respirait encore. Le battement sonore rythmait le silence de la chambre, comme une veilleuse. Et je me rendormais, bercée par son tempo rassurant comme le roulement d'un train de nuit, une main posée sur les poils épais de sa poitrine qui transmettaient à ma paume une chaleur bienfaisante.

La salle de bains est remplie de l'odeur de Luigi, un parfum coûteux, du Chanel, presque vulgaire dans sa violence charnelle. Cette odeur a sur moi un effet aphrodisiaque. Quand je pénètre dans la salle d'eau après Luigi, j'ai instantanément envie de sentir son corps contre le mien. C'est le mélange de sa peau amère et salée avec la note vaguement écœurante de calice trop mûr du Chanel. Un petit pincement de désir au creux de mon ventre me rappelle mes premières émotions de petite fille. Tous les jours, je regrette qu'il parte si tôt au travail et l'instant d'après, je me maudis de me lever si tard. Quand Luigi partageait son cabinet avec un autre architecte, il travaillait souvent à la maison pour les clients qu'il se réservait. Il lui arrivait de faire des pauses l'après-midi. Ces jours-là, les petits chefs-d'œuvre de nos romanciers attendaient sur mon bureau que mes mains reviennent caresser leurs pages.

C'est amusant de penser que la salle de bains où je me trouve aujourd'hui est l'ancien bureau de Luigi. Quand il a ouvert son propre cabinet, en ville, il a décidé qu'il ne voulait plus travailler à la maison, et nous avons transformé son ancien bureau. Même chez mon rédacteur en chef, la salle de bains n'est sûrement pas aussi grande. Sur un côté, une grande baie donne sur la terrasse. On découvre tout Rome depuis la baignoire. Luigi a fait installer un lavabo à deux vasques pour que nous ayons chacun la nôtre, mais nous utilisons toujours la même. Je ne vais pas tarder à planter des fleurs dans l'autre. En face de la baignoire, en revanche, il y a une grande douche à deux places. C'est notre petit plaisir du samedi matin quand nous passons le week-end à Rome.

C'est drôle, lorsque j'ai rencontré Luigi j'avais quarante ans passés et c'est l'homme avec lequel ma vie sexuelle est la plus intense. Il me semble qu'avant, lorsque j'étais plus jeune, avec des hommes jeunes, ma sensualité était plus bridée, ma sexualité moins frénétique. C'est sûrement le fait de sentir la ménopause me guetter, dirait ma petite sœur, qui connaît la vie, surtout celle des autres. Le jour où a été terminée la magnifique salle de bains de mon mari architecte, il a décidé que l'ancienne, celle qui est attenante à notre chambre, me revenait. Immédiatement, j'ai tapissé les murs de photos. J'avais toujours rêvé d'un mur d'images. Adolescente, j'aurais voulu y mettre celles de Marcello Mastroianni ou de Sophia Loren, mais c'était interdit à la maison. Les murs de plâtre teinté devaient rester intacts. Seules les images pieuses étaient autorisées mais elles avaient les honneurs d'un cadre. Là, dans ma salle de bains, je m'en suis donné à cœur joie. Les contrastes des photos en noir et blanc se répondaient dans les miroirs. Il y avait mes parents, bien sûr, ils entraient dans mon Panthéon par la porte principale, avec la maison de mes étés de petite fille. Il y avait aussi Paul et Giuseppe, lorsque nous faisions tous des efforts pour ressembler à une famille, sans grand succès. La caravane, la table de camping devant les alignements de Carnac ne font qu'ajouter à l'irréalité de ces clichés, comme s'il s'agissait des photos de plateau d'un film qui aurait mal vieilli. Les portraits en gros plan de Giuseppe à tous les âges surgissaient entre des paysages de Toscane. Celui de ses dix-sept ans, le dernier anniversaire que nous avons fêté ensemble, juste avant qu'il ne disparaisse de ma vie, faisait face à la douche. Puis, un peu partout, pour adoucir le panorama, j'ai semé au hasard les images de dix ans de bonheur sans histoires avec Luigi, des souvenirs simples et lumineux. D'ailleurs, il y en avait peut-être une dizaine en tout, prises par des amis. Nous,

nous étions trop occupés à vivre pour perdre du temps à photographier notre bonheur. Du jour où j'ai fini d'épingler tous mes souvenirs au mur, je n'ai plus jamais été capable d'entrer dans cette pièce. Ma salle de bains reste vide. Ma trousse de maquillage et toute la jouvence miraculeuse en flacons encombre celle que je partage avec Luigi. Dans le cabinet aux fantômes, la serviette et le gant propres attendent de servir, un jour.

Récemment, pourtant, j'ai été forcée d'utiliser ma salle de bains. Elle s'est révélée le refuge idéal de mes cauchemars. Le mois dernier, nous avons organisé une fête à la maison pour mes cinquante-trois ans. Nous avons la réputation, parmi nos amis, d'organiser de belles fêtes. C'est un peu ma fierté de savoir faire se rencontrer les gens que j'aime. Comme nous habitons un duplex avec un grand escalier tournant, nous avions disposé les plats en bas, près de la cuisine, et les boissons en haut, près de la terrasse. Comme ça, tout le monde a passé la soirée à aller et venir entre le rez-de-chaussée et le premier, les gens se rencontraient dans l'escalier, en prononçant quelques mots pour se céder le passage, ils engageaient la conversation. C'était une belle fête, en effet, les gens faisaient connaissance, tout le monde riait fort, comme on sait le faire dans cette maison. Francesca, ma petite sœur, est arrivée très tard avec deux jeunes hommes assez voyants. Elle m'a embrassée en vociférant. Elle a immédiatement abordé tous les invités pour leur faire des révélations sur tel aspect de mon caractère qui lui était pénible, ou tel autre qu'elle trouvait merveilleux. Ensuite, elle a lancé quelques formules cinglantes sur le monde et la vie, à la cantonade. Il faut toujours que Francesca me rafle la vedette sur mon propre terrain. Elle a décidé, ce soir-là, que le café italien ne valait pas un clou, qu'il fallait être allé en Amérique latine pour connaître le vrai moka. Elle a investi la cuisine pour préparer du café à sa façon. Elle en a mis partout, sur le fourneau, sur les murs, sans compter les traces de pas noires dans toute la maison. Chacun s'est extasié en reniflant sa tasse. Sa dernière claque a été de sortir son cadeau au milieu de l'assemblée. Elle s'est arrangée pour que tout le monde tourne la tête dans notre direction quand elle a brandi son petit paquet si original.

« Bon anniversaire, ma chérie. Tu es éblouissante ce soir. Dis donc, je ne connaissais pas cette robe, elle est de qui ? »

En général, je ne la consulte pas pour mes achats, mais elle devrait savoir que je ne suis pas le genre de femme à mettre, pour mon anniversaire, une robe que j'aurais déjà portée.

« Ce n'est pas mal, élégant sans être trop classique. Enfin, ça ne fait pas mémère, en tout cas. Ça fait un drôle d'effet, les anniversaires, à nos âges. Tu sais que ta petite sœur va fêter ses cinquante ans dans deux mois ? D'ailleurs, je fais une grande fête dans les caves de l'ancien atelier qu'a racheté la galerie De Criscenza. C'est une amie, elle me prête l'espace. Je vous invite tous. Il y aura un orchestre, un défilé de mode, bien sûr, et d'autres surprises. »

J'avais toujours dans les mains le paquet confectionné dans une manchette de la *Pravda*, travestie par un savant pliage — sûrement une technique japonaise — en motif abstrait et enrubanné de taffetas rouge piqué de médailles à l'effigie de Lénine. Sous l'emballage j'ai découvert un gros bracelet en mailles d'or comme en portent les charcutières qui ont réussi à se faire une place au soleil. J'ai levé les yeux, ma sœur avait disparu. Je n'ai croisé que le regard amusé de ses deux courtisans. Elle leur avait sûrement décrit par le menu le cadeau-camouflet qu'elle faisait à sa bourgeoise de sœur.

J'ai senti de gros sanglots d'enfance monter en moi mais je pouvais encore tenter de les retenir le temps d'arriver à la salle de bains. J'ai marché d'un pas égal vers la porte laquée pour ne pas attirer l'attention. Lorsque je l'ai ouverte, la lumière de couleur de la terrasse m'a jailli au visage. Fugitivement, j'ai aperçu Luigi avant de refermer la porte. Il m'a fallu aller jusqu'à la chambre pour trouver refuge dans ma salle de bains personnelle. J'ai tiré le verrou et je me suis assise par terre, sur le carrelage froid comme une petite fille vexée, les pieds en dedans avec, au creux de ma jupe, la gourmette que ma petite sœur venait de m'offrir. Je ne la détestais pas tant que ça, cette gourmette. Ce n'était pas mon genre, et alors ? Ça n'avait aucune importance, au fond. Le lendemain, elle a fait très plaisir à ma femme de ménage quand je la lui ai offerte. Son petit ami, celui qui lui pique tous ses sous, a dû la mettre au clou et en tirer au moins un million de lires. Si je pleurais, c'était parce que, malgré tout ce qu'avait fait Francesca pour gâcher ma fête ce soir-là, j'avais encore été assez stupide pour croire, en tenant le petit paquet dans ma main, qu'il contenait le cadeau qui me ferait le plus plaisir au monde parce qu'il venait de ma petite sœur. Et puis, quand je me suis retrouvée avec cette quincaillerie dans les mains, sous le regard narquois des deux laquais de ma sœur, je me suis sentie humiliée. C'était donc l'image que Francesca avait de moi, une bourgeoise parvenue qui, bien sûr, n'a aucun goût. En plus, elle y avait englouti une petite fortune pour me clouer le bec. C'est-à-dire que Francesca a autant de fric que moi, mais elle a la chance d'échapper à l'embourgeoisement à cause de son statut de créatrice.

J'ai commencé à me sentir ridicule à sangloter sur le carrelage, enfermée dans ma salle de bains avec l'illusion puérile de mettre de l'ordre dans mes pensées. Dans ces moments-là, on ne fait qu'entretenir la confusion de son esprit pour s'y complaire. Je suis revenue un peu à la réalité. Il n'y avait pas d'odeur précise dans cette pièce inhabitée, seulement le vide d'un cachot abandonné. Un mélange de détergent, de lessive, et le picotement un peu âcre du savon qui a séché sans jamais servir. Face à moi, le dernier portrait de Giuseppe s'était enroulé sur lui-même. Une épingle était tombée et le coin inférieur droit était remonté masquer en partie le cliché. Il ne restait qu'un œil noir, perçant.

La douleur a supplanté le caprice. Je me suis levée en pensant aux petites enveloppes soigneusement rangées dans un tiroir de ma coiffeuse, ces lettres que je lui ai envoyées et qui, toutes, me sont revenues. Cinquante-trois ans, me suis-je répété en me tamponnant les tempes d'eau fraîche. J'ai pensé que mon petit garçon devait être un bel homme quelque part loin de moi. Il ne fallait pas que je lui fasse honte. J'ai respiré un grand coup, et, la main sur la poignée de la porte, je me suis composé un sourire calme, comme Ingrid Bergman dans *Sonate d'automne*.

Luigi est merveilleux. Ce soir-là, quand il m'a croisée dans l'escalier, il m'a dit : « Tu es allée faire un tour, je ne te voyais plus. » Je n'ai pas eu à chercher de réponse, juste un petit « oui » pour permettre à la soirée de reprendre son cours. Il a ajouté : « C'est vrai, parfois, ces fêtes, ça devient étouffant quand il y a autant de monde. C'est agréable de s'isoler un peu. La nuit est claire, tu as vu les étoiles ? »

La douche m'a fait du bien. À chaque fois, j'ai l'impression de ressortir ramollie, remodelable. Plus le jet est chaud et violent, plus c'est efficace. Je m'observe à nouveau dans la glace, la peau paraît plus élastique. Avec toute la surface de mes deux mains ouvertes j'étale du lait au pollen d'orchidée sur mon ventre et mes fesses. La chair glisse, malléable, entre mes doigts. Je vais me modeler la silhouette de mes rêves pour la journée. Le visage renaît sous les pincements et les étirements que je lui inflige. Les pattes d'oie sont des sentiers, les plis de ma bouche des ruisseaux asséchés. Je réserve le traitement complet pour les jours de grand désespoir. Toutes les notices de mes produits de beauté sont rangées bien à plat dans une corbeille en osier sous le lavabo. J'ai pris la peine de déplier soigneusement les petits papiers. Lorsque la situation est grave, je m'assieds dans un fauteuil confortable, le panier sur les genoux, et je passe des heures à imaginer les miracles qui vont s'opérer sur mon visage et dans les replis de mon corps. Comme un restaurateur de tableaux, je mets au point la méthode adaptée à mon cas. Je détermine dans quel ordre appliquer les différentes couches. Je lis minutieusement la composition et les effets des produits. Moins je comprends, plus je suis confiante. D'ailleurs, en général, la moitié des fioles auxquelles correspondaient les notices sont déjà vides. Aujourd'hui, rien n'est si grave, juste un mauvais rêve. Je vais même me payer le culot de ne pas me maquiller. J'offrirai à la ronde, sur mon visage, les stigmates d'une charmante lassitude. J'ai une réunion de rédaction à dix heures, un déjeuner avec un éditeur à midi. Ensuite, je rentre travailler chez moi. Tout cela ne m'expose pas outre mesure. Aujourd'hui, la reine fait relâche.

Entre le pouce et l'index, une petite induration allongée résiste encore. Cette cicatrice-là, un peu en dessous de l'œil gauche, j'y tiens particulièrement. Pas question de la masquer. Lorsque Paul a déserté la maison pour de bon, je suis restée toute seule dans notre appartement. Je me souviens précisément de mes pensées à ce moment-là. Je me demandais si j'allais survivre, ou si quelque chose allait se produire qui m'emporterait d'un coup. Paul me retrouverait morte le lendemain au creux de notre canapé. Ce n'est pas que je voulais lui faire du mal, je pensais seulement ne pas pouvoir survivre. J'étais seule dans une ville qui n'était pas la mienne. J'étais chez nous et Paul était tout près de là, si loin de moi. J'ai pensé à mon pays, à la maison de mes parents. Mes pensées se précisaient. Ce que je voulais, c'était me trouver projetée d'un coup jusqu'au jardin de mon père. Tomber doucement sur une petite chaise, sous la vigne de la treille. Et là, comme à chaque fois qu'il se passe quelque chose d'important dans ma vie, le ciel m'a fait un signe. Un violent orage a éclaté. Les images de la télévision défilaient devant mes yeux sans parvenir à laisser de traces. Le visage de Roger Lanzac me souriait comme à tant d'autres téléspectatrices quand la foudre est tombée sur la maison. La télévision m'a explosé au visage, j'ai failli être défigurée. Le chirurgien a fait des miracles, il n'a laissé que cette petite trace, trop près de l'œil pour être réduite. Paul s'était arrangé pour laisser sa marque sur mon visage.

Certains diraient sûrement que c'était moi qui m'étais débrouillée pour attiser sa culpabilité, que j'avais pris tous les risques possibles pour qu'un accident se produise. Je n'ai pas une tête de victime, personne ne veut jamais croire que je sois étrangère à mes malheurs. Je ne baisse pas suffisamment la tête. Je suis le genre de femme dont on dit : « Elle l'a cherché. » Chaque matin, devant ma glace, je maudissais Paul. C'était insupportable d'avoir en permanence notre naufrage sous le nez. C'est lorsque j'ai rencontré Luigi que j'ai commencé à aimer ma cicatrice. J'ai senti qu'une page était tournée et je me suis surprise à considérer cette trace du passé avec tendresse. Luigi m'a demandé ce que c'était, j'ai inventé une histoire de râteau abandonné les dents en l'air. Depuis, c'est mon secret, le dernier vestige d'une vie que j'ai quittée pour de bon en épousant Luigi.

C'est une belle journée, je vais marcher jusqu'à la station de taxis au pied de la colline. C'est fou, trois femmes enceintes à la suite sur le même trottoir, plutôt rare. Devant l'école, un homme jeune est accroupi à côté de son petit garçon qui lui chuchote des secrets. Le papa lui répond en mettant ses mains en cornet autour de son oreille et le petit garçon éclate de rire.

Je sens comme un flottement dans le réel, une vague floue me retourne l'estomac. Mes jambes tournent en mascarpone, je suis obligée de prendre appui contre le mur. Tout le travail de ce matin est gâché, ma bouche doit avoir retrouvé sa torsion précocement ménopausique. Dans un halètement, je vois Giuseppe et Paul en train de comploter. Ils sont là, les conspirateurs, et devant mes yeux, encore. C'est facile de refaire l'histoire sans moi. J'estime que j'ai mon mot à dire. Je ne supporterais pas que Giuseppe voie son père alors qu'il refuse de répondre à mes appels. Ce serait une punition injuste. Pourquoi feraient-ils une réunion entre garçons? Mais qu'est-ce que j'ai fait? Je suis une femme, et alors? Ils me l'ont déjà fait payer assez cher. J'ai fait ce que j'ai pu, mais on ne m'a laissé aucune chance. Tout était joué d'avance. Nous n'étions pas les bons acteurs pour les bons rôles. Il y a eu des erreurs de casting.

Le petit garçon court rejoindre sa maîtresse sans se retourner. Le papa s'approche de moi et me demande si tout va bien. Il a de magnifiques dents blanches et pointues. «Ce n'est rien qu'un petit étourdissement. Le pollen, sûrement, c'est la saison. » L'homme me conseille un aller-gologue. Il porte mon cartable et m'accompagne jusqu'au taxi. Il ne parle que de son fils, des magnifiques dessins qu'il fait. Depuis trois jours, ses bonshommes ont une tête et deux jambes. Ils ont de la chance.

Lorsque l'homme me dit au revoir, il plante ses yeux au fond des miens et sourit de toutes ses dents. *L'imperti-nence des jeunes gens*, c'est la pensée qu'il me prêtera lorsqu'il aura tourné les talons. Mais ce n'est pas son inso-lence qui m'arrête, ce serait plutôt sympathique, même. Non, c'est sa folie de mâle surhormoné qui est insuppor-table. La portière du taxi se referme sur un regard de fou. Au fond de ses pupilles brillaient deux petites flammes vertes.

Une secousse sur le lit me fait sursauter. J'ouvre les yeux, je retire le casque et je reviens brutalement à la réalité. Luigi est devant moi, en colère. J'ai oublié notre rendez-vous au tennis. Quand je l'ai vu en short blanc, ça m'est brusquement revenu. Je n'ai rien à répondre. Aujourd'hui est une journée à tout oublier. J'ai décidé de ne rien faire de précis, je reste allongée sur mon lit, de la musique dans les oreilles. En quelque sorte, je fais la grève. Je ne sais pas ce que j'ai, mais je vais sûrement rester là, tranquille, jusqu'au soir.

« Excuse-moi, Luigi. Je suis désolée. Quand j'ai vu que l'heure était passée, je me suis dit que tu trouverais un partenaire au club. Je n'ai même pas pensé à t'appeler.

— Des partenaires, on en trouve toujours. Figure-toi que c'est avec toi que je voulais jouer. »

Luigi repart travailler en claquant la porte. Il laisse derrière lui une traînée généreuse de son odeur, alourdie par la transpiration. Ce parfum de regret froisse mes narines. Je ne voulais pas le blesser. Je remets le casque sur mes oreilles. Janis Joplin reprend ses rugissements rauques. La porte de la penderie, face à moi, est entrouverte. Dans le miroir intérieur je vois le reflet de mes petits Chanel avec leurs breloques dorées sur les poches. Tous les gens que je croise dans mon travail parieraient que j'écoute la *Traviata* s'ils assistaient à ma déchéance domestique en peignoir de satin rose. Ce petit auteur que j'ai croisé l'autre jour et qui a eu le culot de me dire que j'avais « beaucoup de classe », il n'en croirait pas ses oreilles. Le pauvre, je lui ai répondu que ce n'était pas une façon de parler à sa maman quand on était un petit garçon bien élevé, qu'il était encore trop bébé pour jouer à ça. Cette phrase, dans sa bouche, se voulait un compliment. Tout cela partait d'une bonne intention, il voulait au départ me remercier pour l'article que j'avais écrit sur son roman. Mais c'est très agaçant cette façon qu'ils ont, tous ces jeunes mâles, de jouer délibérément l'arrogance. Comme s'ils avaient besoin de se justifier, de faire passer le message *ce n'est pas parce que j'ai des prétentions littéraires que je suis un mollusque asexué, j'ai aussi un corps.* Mais je m'en fiche, de leur corps! Ce qui me regarde, ce sont leurs œuvres, pas leurs fesses encore toutes boutonneuses. Il était mignon comme un cœur, celui-là, une belle tête de petit paysan du Sud, la mâchoire carrée et l'œil profond. En plus, ce qu'il écrit n'est pas mal, mieux que ce qui traîne en ce moment sur le dessus-de-lit autour de moi.

C'était peut-être méchant de lui faire le coup de la maman. Je me suis énervée un peu vite et il a payé pour les autres. Les deux romans qu'il a publiés racontent plus ou moins l'histoire de sa mère. J'ai été vache sur ce coup-là! C'est joli, un garçon qui prend sa plume pour rendre hommage à sa maman. Si Giuseppe écrivait, de quoi parlerait-il? Est-ce que seulement ses héros auraient des mères? Il serait encore capable d'inventer un grand garçon dont la maman est morte il y a très longtemps et qui reste seul avec papa. Si j'étais dans un coin du livre, il faudrait bien qu'il me trouve un nom. Josepha, ou Margherita, comme la pizza au fromage? Ce que je sais, c'est que le livre arriverait sans prévenir dans ma boîte aux lettres. Il serait là, sur mon bureau, avec sa couverture glacée, relié, achevé, prêt à être acheté au même moment dans toutes les librairies du pays. Ce serait finalement la punition la plus subtile, la plus adaptée à mon cas. Certains jours, je voudrais que le châtiment tombe enfin, quel qu'il soit, qu'il me dise une bonne fois ce qu'il me reproche. Qu'il me poignarde d'un geste franc et qu'on en finisse.

Ah, Janis, vas-y, hurle, crache ton venin, brûle ton dernier souffle, je me sens revivre quand je t'écoute. Lorsque sa voix cogne contre mes tympans, je sens comme une vibration prémonitoire de sa fin tragique, et pourtant, c'est la vie qui bat, là tout près de ma peau. Je ressens la même chose lorsque j'écoute Kathleen Ferrier chanter les *Kindertotenlieder*. Mon réconfort siège là, dans l'incandescence magnifique d'un souffle qui se sent diminuer. Le tragique est mon poison.

Ce que je devrais faire pour m'excuser, c'est inviter le petit auteur à déjeuner. Si j'appelle son éditeur et que je prétexte une interview, il acceptera, quand bien même serait-il profondément blessé par mes paroles. En tout cas, Arnoldo saura le convaincre. Peut-être, au début du repas, oserais-je approcher ma main de la sienne sur la table? À mon âge, je pourrais même me permettre de presser ses phalanges. Alors, les yeux dans les yeux :

«Je voudrais m'excuser pour l'autre soir. Si je vous ai blessé, j'en suis désolée, croyez-le bien. Vous savez, et je vous le dis en toute amitié — ça pourra vous servir —, à mon âge une femme a d'autres prétentions que d'avoir de la classe. Avec le temps, on devient susceptible, évidemment.» L'incident sera clos. Il pensera que je lui fais des confidences et, comme toujours lorsqu'un homme croit que vous lui parlez de vous, il se mettra frénétiquement à me raconter sa vie. J'aurai sûrement des détails sur son attachement à sa mère. Ça me fera même un peu de matériel pour un article plus général sur l'image de la mère dans la littérature contemporaine. Pour la fête des mères, ça devrait plaire à mon rédacteur en chef. *Enfin, elle se décide à tenir compte du calendrier et des préoccupations des lecteurs*, pensera-t-il. Si je descends dans le Sud pour les vacances, je pourrais rendre une petite visite à sa mère en passant. Décidément, ce garçon m'intéresse. Je gifle le premier qui essaie de me dire pourquoi.

Mon regard vague tombe sur ma sœur. Elle me bouche l'horizon, debout au pied du lit. Elle est drapée de mousseline vert amande. Je suis bien obligée d'abandonner Janis pour subir les assauts de l'abondante conversation de Francesca.

«Heureusement que ta bonne est venue m'ouvrir. Avec ces trucs sur tes oreilles, j'aurais pu m'amuser à sonner longtemps.

— Carla est ma femme de ménage.

— Tu as l'air en pleine forme, tu as un teint charmant. Tu as de la chance de te reposer, moi, je suis claquée. »

Voilà, c'est parti. Si je remets le casque, elle va me faire une scène et parler de notre enfance. Oh, de toute façon, je n'y échapperai pas, nos parents, nos sensations intra-utérines et notre Œdipe escamoté.

« Je cours comme une folle dans tous les sens pour préparer ma fête d'anniversaire. C'est un boulot... les gens ne se rendent pas compte. »

Bien sûr, surtout moi, je ne sais pas ce que c'est. Mais tu oublies de parler du nettoyage et des rangements, le lendemain, quand tu auras la gueule de bois. Moi, par exemple, l'autre fois, j'ai passé deux heures avec ma petite bonne, comme tu dis, à essayer de récupérer les murs de la cuisine couverts des éclaboussures de ton merveilleux café latino-américain.

« Tu sais ce qui me ferait plaisir ? Je voudrais que tu portes une robe de ma collection. Ne t'inquiète pas, j'ai des petites choses tout à fait "portables", comme on dit. »

Qu'est-ce qui lui fait penser que je n'ai pas envie de porter une tunique en cuir orange avec des zips partout, quelques clous et des clefs en pagne autour de la ceinture ? Pourquoi pas un simple soutien-gorge avec des bonnets en acier chromé, calandré comme une Buick ? Et, pour élancer la silhouette, un chapeau-claque en tampons Jex, décoré de fleurs en plastique ? De toute façon, ne sois pas présomptueuse, Francesca, depuis un moment, ta mode intéresse surtout les mémères. Tu n'as jamais eu le talent d'un Jean-Paul Gaultier. Pendant un temps, tu étais juste assez insolente pour faire frissonner les bourgeoises en mal de sensations, mais aujourd'hui, tu leur sers ce qu'elles veulent sans faire d'histoires. Tes drapés gréco-romains, ça lasse tout le monde. Bon, Claudia, ma fille, tu te calmes, maintenant. Tu deviens méchante. À quoi bon, puisque tu n'as pas le cran de tout lui balancer à voix haute ?

« Oh, tu sais, à chaque fois que je fais un croquis, je repense à notre enfance. Moi, j'arrachais les volants de mes robes et je décorais mes chaussures avec des gommettes de couleur. Toi, tu mettais les bijoux et la combinaison de maman en cachette. C'est fou, nous avons toujours été si différentes et pourtant si proches. Toi, sage et soumise et moi, révoltée et justicière. »

C'est incroyable comme on peut s'inventer des souvenirs à sa taille. Francesca pratique le prêt-à-porter de la mémoire. Je ne me rappelle pas avoir jamais vu ma petite sœur déchirer ses robes ou transformer ses chaussures en amanites tue-mouche en signe de révolte. Quant à la combinaison, je ne vois pas... Je me rappelle surtout de ses premiers défilés de mode dans la cafétéria de l'université, organisés grâce à mes copains gauchistes qui lui cédaient un créneau horaire de réunion politique. À l'époque, Francesca faisait des défilés de sous-vêtements pour attirer les étudiants. Je revois ses mannequins, de braves étudiantes qui, dans l'ensemble, avaient un peu forcé sur la charcuterie. Mes souvenirs d'enfance ne se perdent pas dans des frous-frous de lingerie intime. Ils tiennent à l'ombre de volets entrebâillés, les après-midi d'été. J'entends le craquement du papier quand je tournais les pages, je sens l'odeur un peu écœurante de l'encre. Il y a aussi les livres que je cachais sous le matelas, ceux qui étaient réputés n'être pas pour moi. L'odeur grasse de l'encre se confond avec les effluves de mon corps traversé par les premières secousses d'un désir qui ne portait pas encore de nom.

« Je parlais de toi avec mon analyste, l'autre jour. C'est terrible, longtemps, je me suis sentie coupable de ne pas te ressembler. J'ai commencé à vivre le jour où j'ai compris que j'avais le droit d'échapper au modèle. Tu sais, je me rends compte que, dans notre éducation, tout était fait pour ne pas nous différencier. Nous étions les enfants et, sorties de là, nous n'avions pas d'identité propre. Tu comprends, le mimétisme pour évacuer toute possibilité de conflit. »

Francesca a toujours une façon insupportable de m'inclure dans ses lavements analytiques. Aujourd'hui, Francesca est toujours incapable de faire quoi que ce soit toute seule. Il faut absolument qu'elle me fasse profiter d'une vue panoramique sur le chantier de fouilles de son nombril.

« Aucun conflit n'a jamais été possible. D'ailleurs, regarde ta relation avec les hommes. Ce que tu cherches chez eux, c'est la ressemblance. Tu es incapable d'accepter l'identité masculine d'un homme, celle qui est antagoniste de ta féminité. Quand on voit le nombre d'homosexuels qui t'entourent, tout devient clair. »

Francesca utilise des méthodes de flic. Inutile de protester, si je dis que je suis innocente, on va me boucler. Avant toute chose, il faudrait contacter un avocat lorsque votre propre sœur entre en analyse.

« Tu sais, c'est formidable, depuis que je suis en analyse,

j'ai l'impression de mieux te comprendre, de t'accepter telle que tu es. J'ai compris que tu étais une victime. Moi, j'ai toujours réclamé le conflit avec notre père. Toi, tu as vécu dans la terreur de déplaire à papa. C'est dingue comme les parents peuvent démolir une vie, si on n'y prend pas garde. Moi, je me félicite plus que jamais de ne pas m'être reproduite. »

Cette fois, je romps le pacte du silence familial, j'ose un acte conflictuel. Je remets le casque sur mes oreilles. C'est bon, cette voix chaude et râpeuse comme la langue d'une vache. J'ai l'impression de voir flotter autour de moi toutes les mucosités du larynx de Janis. De petits glaires tabagiques, des cellules arrachées encore vivantes au tissu qui les hébergeait. Mon oto-rhino me dit toujours que mon larynx fait plaisir à voir, mes muqueuses sont roses comme de la bonne viande. Je me sens bien quand je sors de chez lui, aimée pour ce que je suis.

Francesca gesticule au pied du lit en levant les bras au ciel. Je ne l'entends plus. Je parviens juste à lire sur ses lèvres « fuite, fuite, fuite... » comme un message sonore en boucle. Elle abandonne mon navire à la dérive en chaloupant un peu sur ses talons. Maintenant elle va faire son petit tour dans la maison avant de repartir, histoire de savoir ce qui a changé depuis sa dernière visite. Si elle a une petite faim, elle fouillera les placards de la cuisine pour se trouver un en-cas. Francesca a toujours considéré ma maison comme une étape de ravitaillement sur son chemin. Il n'y a encore pas très longtemps, elle n'avait jamais éprouvé le besoin d'acheter une machine à laver. Elle venait faire sa lessive chez moi. Il lui semblait normal que je paie ma femme de ménage pour repasser son linge. Ma petite sœur trouve que je vis dans une généreuse opulence. C'est sûrement ce qui arrive lorsqu'on ne veut pas déplaire à papa. Je suis une femme condamnée au confort.

Papa.

La première image qui me vient à l'esprit, c'est la façon qu'il avait de me donner une petite tape sur les fesses à chaque fois qu'il me voyait, avant même de m'embrasser. Papa a toujours tiré une grande fierté de mes jambes. À un âge où j'avais plutôt envie de planquer mon corps sous des vêtements un peu flous, il ne désarmait pas. Chaque fois qu'il me croisait dans la maison, il me disait que j'aurais mieux fait de porter des jupes courtes. Avait-on idée de cacher d'aussi jolies jambes, c'est le soleil qui allait être en colère.

J'écarte le satin du peignoir et j'inspecte mes jambes : longues, mates, le mollet galbé, la cuisse musculeuse. Il serait criminel de négliger un tel monument. Je vais m'épiler.

Carla entre dans la chambre au moment où j'étale la crème sur mes jambes. Elle s'assied au bord du lit en annonçant qu'elle fait une pause. L'aspirateur repose, avachi, sur le palier, le suceur emmêlé dans des mètres de tuyau annelé comme une petite girafe victime d'un python. J'aime bien Carla, elle n'a pas froid aux yeux. Parfois, si je rentre de bonne heure, je la trouve plongée dans des livres d'art. Au lieu de les cacher sous sa blouse en faisant croire qu'elle époussetait la table basse, elle me regarde en murmurant : « Qu'est-ce que c'est beau, Madame ! » Je lui ai souvent demandé de m'appeler Claudia, mais ça, elle n'a jamais pu. Carla n'est pas très efficace pour le ménage mais elle est géniale pour répondre au téléphone. Elle donne à chacun l'impression d'être le sujet principal de conversation dans la maison. Souvent, elle me tire de situations embarrassantes juste en claquant des doigts. Ma sœur a raison, Carla est plus ma bonne que ma femme de ménage. Je fais plus appel à son intuition et sa débrouillardise qu'à son aptitude aux travaux ménagers.

« Vous avez de très belles jambes, Madame. Moi, je n'ai que de toutes petites guibolles un peu tordues. C'est pour ça que vous êtes élégante. L'élégance, c'est d'abord la façon de porter le cul. »

Carla est adorable. Elle rougit un peu de ce qu'elle vient de dire et puis, elle rit avec moi.

« Qu'est-ce que vous diriez de beignets de fleurs de courgette ? Vous avez l'air mélancolique, il faut vous faire un petit plaisir. C'est la visite de votre sœur, sûrement. Elle est de plus en plus fatigante. Vous savez, tout à l'heure, avant de partir, elle a retourné la cuisine de fond en comble pour se faire un *panino* à la tomate. Elle voulait même que je mette le grill en marche pour lui faire fondre sa mozzarella ! Vous savez, si je ne l'avais pas virée, elle en aurait sûrement profité pour prendre un bain. Il faut que je mette la friture à chauffer pour mes beignets. »

Carla s'étire bruyamment. J'attrape la fiole de vernis et j'entreprends de me peindre en rouge les ongles des orteils, méthodiquement.

Depuis que j'ai quitté l'autoroute, je renais à la vie. Le paysage devient familier, je reconnais les ondulations qui annoncent la montée au village de mon enfance. Bientôt, le jour se lèvera. L'horizon commence à prendre des teintes d'argent mêlées de bleu plus clair que la nuit. Finalement, ma Cinquecento est arrivée au bout du trajet. C'est une bonne petite. Elle ne dépasse pas les cent dix kilomètres-heure mais elle avale les distances sans faire d'histoires. Si Luigi savait que j'ai effectué le trajet de Rome à la maison de Toscane avec ma petite voiture, il me ferait la leçon. De toute façon, il faudra bien que je lui explique comment je suis arrivée là quand je lui téléphonerai. Son avion atterrit dans la matinée.

Tout à l'heure, je me suis arrêtée sur une aire de stationnement. En m'approchant de la cabine téléphonique, j'ai pensé à Bette Midler dans *The Rose*. Je me suis un peu affalée contre le carreau sale pour composer confortablement mon numéro de téléphone. Je pensais laisser un message pour Luigi sur le répondeur, lui dire «tout va bien» pour le rassurer à son retour de Milan, lui dire où j'étais. Il y a eu les deux sonneries lointaines. J'imaginais ma maison vide avec le son strident qui résonne sur le dallage de l'escalier. C'était comme un gouffre sonore, il aurait été facile de se laisser tomber dans ce creux au milieu de la nuit. Le déclic de la machine et le petit adagio ridicule qui accompagne le message m'ont ramenée à plus d'intimité. Autour de moi, la campagne était noire. Deux camions à l'arrêt se faisaient des appels de phare d'un bout à l'autre du parking, sans doute pour s'échanger une fille ou Dieu sait quoi. J'ai repensé à ce petit corps convulsé de chanteuse qui mordait le bitume pour tenir le coup jusqu'à la scène qui l'attendait un peu plus loin. J'ai rabattu mon imperméable sur mes cuisses. Au bout du fil, c'est ma voix qui me conseillait de laisser un message sur un ton qui se voulait rassurant. J'ai pensé à la mort. C'est certainement ce genre de voix qui vous accueille dans l'au-delà pour vous donner les instructions. Ç'a été un grand plaisir de me raccrocher au nez sans m'obéir. J'ai regardé les hommes dans les cabines des camions, perdus au milieu de la nuit. J'ai pensé que là-bas, à Rome, dans mon appartement, on pouvait passer les longues soirées d'hiver blotti au fond d'un canapé confortable. Je me suis dit : «Tu es heureuse» et je me suis mise à pleurer. J'ai retiré mes escarpins et je suis retournée pieds nus à ma voiture. Les graviers me rentraient dans la plante des pieds. Une portière de camion s'est ouverte. J'ai démarré. «*Some say love, it is a river*», me suis-je répété en sentant les petits cailloux qui étaient restés accrochés aux mailles de mes bas.

Quand j'arrête la voiture au milieu de la cour, je suis accueillie par le chant du coq. La clef émet son petit grincement rassurant. L'entrée sent le moisi comme toujours. L'humidité a encore gagné sur le badigeon ocre autour des battants de la porte. Ça fait très longtemps que je ne suis pas entrée seule dans cette maison. C'est presque de la peur que je ressens. Je marche à petits pas mesurés. Je garde un instant la main sur les poignées de porte avant d'ouvrir, le temps de sentir la fraîcheur du cuivre contre ma peau. J'ai l'impression de surprendre un peu de la vie de la maison. Je fais le moins de bruit possible pour ne pas déranger. C'est comme lorsqu'on observe quelqu'un qu'on aime sans qu'il le sache, cette envie de savoir comment il évolue en toute liberté. Je passe d'une pièce à l'autre en ouvrant en grand tous les volets. Je fais cadeau à ma maison des premiers rayons de lumière de la journée. Face à moi, la nuit s'évapore comme un voile sur les collines. Je retrouve la cuisine avec sa grande table rectangulaire flanquée de ses deux bancs un peu trop durs aux fesses. Comme je suis toute seule, je peux m'asseoir sur la chaise en paille confortable, celle qui était réservée à mon père, en bout de table. Ici, je bois mon café dans un bol, comme Paul lorsqu'il était en Bretagne.

C'est drôle d'avoir filé jusqu'à la maison de mes parents pour échapper à ma sœur. C'est là que nous avons grandi toutes les deux et pourtant, ici, c'est chez moi. Elle a préféré l'appartement de Rome quand il a été question de se partager l'héritage. Depuis, dans cette maison, je revois mes parents et moi, mais j'ai très peu de souvenirs de Francesca. Ma petite sœur est comme absente de ma mémoire familiale. Pourtant, la chambre au second est la seule pièce que nous n'ayons pas refaite, c'est resté *sa* chambre. Je ne savais pas où mettre les affaires qui l'encombrent et Francesca ne voulait pas s'occuper de les trier. Ah si, ma sœur trouve bien le moyen d'être présente ici aujourd'hui. Je porte une de ses robes. C'est assez incongru, à la campagne, ce drapé de shantung croisé en cache-cœur. D'ordinaire, je porte ici des vêtements de week-end, d'amples pantalons de lin clair, des gilets en maille de coton, de jolies chaussures plates en cuir souple. Ma voisine me fera des compliments sur ma robe et je pourrai lui dire que c'est ma petite sœur, celle qu'elle a connue grande comme ça, qui a créé ce beau vêtement.

Je suis fatiguée, le corps parcouru de petites courbatures mobiles. C'est agréable, cette soudaine langueur. Ici, elle ne vient pas entraver le déroulement de quoi que ce soit. Je n'ai rien de précis à mener à bien, je peux me laisser envahir par un doux accablement. Dans cette maison, je me sens protégée de tout. Le trajet s'est passé dans un mouvement continu. Il n'y avait presque personne à quatre heures du matin sur l'autoroute. J'étais plongée dans la vive euphorie que procure un coup de tête. Quand je m'offre le luxe d'un petit caprice, je parviens à m'étonner moi-même. Je me sens portée par une force formidable, toute à ma joie de savoir que ma liberté de décision reste intacte au milieu des contraintes de ma vie. Je m'étire voluptueusement devant le pas de la porte. Un chat frôle les marches de pierre à mes pieds et traverse la cour en bondissant. Le vent fait frissonner les branches du tilleul devant l'escalier de la cave.

Ils sont bien loin, tous les pantins romains qui meublaient la fête de Francesca. Comme toujours, imaginant le pire pour ne pas être déçue, je m'étais préparée à une soirée catastrophique. Dans ma petite auto, en y allant, je me répétais que je rentrerais de bonne heure. Luigi était à Milan pour un chantier et je voulais profiter d'une soirée de solitude pour me coucher de bonne heure en étalant autour de moi sur le couvre-lit une pile de livres et de magazines. Je me serais fait un petit bonheur de célibataire, de ceux qu'on accepte contrainte lorsqu'on vit seule, mais qu'on justifie pour ensuite en concevoir des regrets dans le confort douillet du couple. Et puis, comme toujours, en arrivant devant la porte avec la trouille au ventre, je n'ai pas pu m'empêcher de reprendre espoir pour me donner du courage. Je savais qu'il y aurait beaucoup de monde, que c'est une épreuve de rencontrer autant de gens à la fois, mais j'avais envie de croire que j'allais peut-être, dans le lot, faire une rencontre inattendue et plaisante.

C'est un des mannequins-vedettes de Francesca qui ramassait les cartons à l'entrée. Il ne portait qu'un magnifique sous-vêtement en mailles de fil d'Écosse très ajusté, décoré de roses fraîches. Sa tenue faisait ressortir la rondeur de ses muscles, on se demandait ce qui était vrai et ce qui était faux, gonflé au silicone ou prothésé en plastique. Ça donnait envie de toucher pour vérifier. J'ai tout de suite identifié l'Adonis caoutchouteux comme un membre de l'escorte de Francesca, le jour du cadeau d'anniversaire. Je me sentais en forme, finalement, après avoir pénétré dans le Saint des Saints. J'avais passé l'après-midi dans la salle de bains à me pomponner. Je lui ai dit : « Ça me fait plaisir de vous revoir. » C'était un grand luxe, me moquer de lui en le laissant penser que je suis une pauvre gourde pas rancunière pour deux sous.

Francesca éructait d'une joie volcanique et ostentatoire. Rien que de très attendu. Nous avons roucoulé en nous serrant très fort l'une contre l'autre. Je ne devais pas rater mon entrée. C'est toujours très ambigu d'être la sœur de la vedette. On peut croire que vous avez été invitée parce que c'est presque obligatoire pour une fête d'anniversaire. D'un autre côté, chacun sait que vous êtes celle qui la connaît depuis toujours et que vous seriez à même de faire des révélations. Là, j'ai fait un geste de grande sœur. Je me suis permis de retirer les clips de Francesca, certainement l'une des dernières créations de sa ligne Ornements corporels. J'ai sorti de ma poche la plus belle paire de boucles d'oreilles de maman, celles qui font noble Florentine, et je les ai accrochées aux lobes rouges et chauds de Francesca. Toute l'assemblée avait l'impression d'assister à un acte d'une troublante intimité. J'ai murmuré — suffisamment fort pour être entendue à la ronde : « Bon anniversaire, mon bébé ! » et je me suis dirigée vers le buffet.

Là, il y avait du bon champagne. Ma petite sœur ne se mouche pas du pied. Du Veuve Cliquot. C'est idiot, mais j'ai toujours aimé la couleur de l'étiquette. Cet orangé, ça fait enfantin, on n'a pas l'impression d'absorber de l'alcool.

Avec Paul, quand nous nous sommes enfin décidés à nous marier, c'est-à-dire quand j'étais enceinte de Giuseppe, nous avons fait une petite célébration par-dessus la jambe à la mairie du Quatrième. Ensuite, l'assemblée s'est retrouvée dans une cave de la rue des Blancs-Manteaux, un cabaret tenu par un ami de Paul, désert un samedi matin à onze heures mais encore encombré des mégots de la veille au soir. Du champagne bas de gamme nous attendait au frigo mais une cousine, du côté de Paul, avait apporté une bouteille de Veuve Cliquot que j'ai mise de côté. Le soir, après que tout le monde était reparti, nous l'avons bue au lit en jeunes mariés. Quand Paul s'est endormi, j'ai continué à fixer l'étiquette orange et dorée avec un mauvais pressentiment pour notre ménage. Le radio-réveil projetait sa lumière clignotante bleue sur la bouteille. J'ai revu la salle de réception de notre noce. Un cabaret vide avec des Lili Marlène, des Piaf et des Dalida peinturlurées sur les murs. Dans un coin, derrière le piano droit, pendus à un perroquet, des boas attendaient le soir pour reprendre leur envol. Quelle était ma place dans ce Panthéon ? Où se planquait le bonheur ?

Munie d'une coupe de champagne, j'étais parée à demeurer un moment au milieu de cette assemblée toute romaine. Une grosse femme s'est jetée sur moi pour m'empêcher de souffler. J'ai souri parce qu'elle portait exactement tout ce qu'elle aurait dû éviter avec son physique. Un collant brillant. Un chemisier épaulé qui doublait sa carrure, la faisant ressembler à un rugbyman gallois. Enfin, un turban achevait de mettre en valeur les plis légèrement luisants, avec la chaleur, de sa face et de son cou. La montagne de mortadelle enturbannée a tiré une bouffée de sa cigarette avant de parler. Chaque fin de phrase s'achevait par le claquement mou de ses lèvres. J'étais face à une journaliste qui voulait soutirer quelques indiscrétions à la grande sœur de la reine du jour. D'abord, ce n'était pas utile de préciser que j'étais la sœur aînée de Francesca, comme si elle paraissait de dix ans ma cadette. Ensuite, elle aurait pu remarquer que nous étions consœurs et qu'avant d'être la sœur de Francesca, j'étais, moi aussi, journaliste. Je me suis amusée à agonir la grosse femme en pérorant sur la presse à scandale. Mais, tout en lui parlant, mon regard s'était posé sur une nuque qui ne m'était pas inconnue.

Il s'est retourné et j'ai reconnu ses grands yeux d'enfant perdu. Sa coupe de champagne dans une main, au niveau du torse, comme s'il portait un toast dans le vide, il essayait de ranger l'autre main dans la poche de son jean en passant sous le pan un peu long de sa veste. Il m'a repérée et son visage a changé d'expression, il semblait brusquement rassuré de connaître quelqu'un dans le zoo coloré de ma sœur. Comment était-il arrivé là ? Avec Francesca, il ne faut s'étonner de rien. En tout cas, j'étais contente de le voir, même si cela changeait tous mes plans. Il me fallait faire bonne figure rapidement. Je n'avais qu'à marcher vers lui et lui débiter le petit compliment préparé pour le déjeuner. Mais c'est lui qui s'est approché pour me serrer la main, sans tenir aucun compte de la grosse concierge qui me tenait toujours la jambe et commençait à devenir agressive. Je l'ai béni de me délivrer de ses griffes avec le naturel d'un randonneur qui se jette sur une fontaine d'eau claire après des heures de marche sous le soleil.

Manifestement, il ne connaissait personne. Il m'a demandé, anxieux, si je me souvenais de lui. Bien sûr que je me souvenais de Massimo. Avant que j'aie le temps de caser mon petit couplet, il s'est mis à rougir et s'est confondu en excuses au sujet de notre dernière rencontre. J'ai décidé d'abréger les souffrances du pauvre garçon et j'ai tout de suite déclaré que l'incident était clos. Massimo m'a confié avec une grande fierté qu'il avait horreur des mondanités, et je me suis dit que ça valait mieux pour lui. Il n'a pas du tout le profil nécessaire. Avec la tête qu'il faisait ce soir-là avant que son regard ne croise le mien, il n'y avait aucun risque que quelqu'un l'aborde pour lui demander ce qu'il avait en préparation. Mais Massimo préfère sans doute penser qu'il s'agit d'un choix, qu'il est un authentique écrivain retiré du monde et de ses vanités pour pouvoir exercer son art en paix. À ce moment précis, je me suis demandé si Massimo n'était pas un peu bête.

Je connais par cœur ce discours sur les mondains, et il a tendance à m'agacer. Ce qui m'avait attirée chez ce garçon dès notre première rencontre, c'est sa criante solitude et l'énergie insensée qu'il déployait pour en sortir. Il m'a proposé de quitter la fête pour aller parler dans un endroit plus tranquille. C'était embarrassant de partir si vite, mais le projet m'amusait. Quand je lui ai dit que je devais dire au revoir à ma sœur et qu'il m'a vue fendre la foule pour aller embrasser Francesca, il est resté comme un idiot à nous regarder sans comprendre. Francesca a gardé le nom de notre père, alors que je signe mes articles de mon nom de femme mariée.

Luigi me semble très loin au bout du fil. J'ai gardé le vieux téléphone en bakélite noire de mes parents accroché dans l'entrée. Régulièrement, si je suis ici en semaine, les employés des téléphones passent me vanter les charmes de nouveaux postes. Ils se font de plus en plus menaçants quant aux normes à respecter, mais je résiste. J'aime mon vieux téléphone. Il faut bien reconnaître qu'il crache un peu trop à la fin des mots et que le grésillement ne rend pas toujours la conversation très aisée. Luigi est fatigué. Son vieux copain milanais l'a fait boire jusqu'au petit matin. Il n'est pas sûr de me rejoindre dès aujourd'hui, peut-être demain seulement. Il me demande si cela m'ennuie de rester seule à la campagne ce soir. Il partira de bonne heure pour être là dans la matinée.

Il doit bien rester des *penne* dans un placard de la cuisine. Tout à l'heure, j'irai chez la voisine chercher une aubergine et un poivron, tant pis pour le fromage. Ce soir, je vais me coucher de bonne heure, je dois m'entraîner pour la vieillesse. Avant, je fermerai les volets dans toutes les pièces, je préparerai la maison pour la nuit. Seule la fenêtre de la chambre restera ouverte. Bien installée dans le fauteuil à côté de mon lit, je regarderai le soleil disparaître derrière les collines. Les bibliothèques, ici, sont pleines de livres que j'ai déjà lus et qui m'encombraient à Rome. Je vais me faire une sélection de passages à relire.

Cela me prendra une bonne partie de l'après-midi. C'est toujours là, dans la bibliothèque, que je lis le plus, debout, mal installée, à la recherche d'un livre que je ne trouve pas, je tourne les pages d'un autre qui me tombe sous la main par hasard et je le dévore presque en entier. Ensuite, je monterai du salon un paquet de vieilles revues. C'est un grand plaisir de retrouver deux ou trois ans après des magazines qui, un jour, ont été d'actualité.

Je raccroche le téléphone. Je me sens bien, calme et heureuse. Mon amour pour Luigi est baigné de sérénité. J'aime le savoir à quelque distance, c'est là que je prends le mieux la mesure de notre proximité. Sa présence autour de moi est impalpable et enveloppante, faite de mon envie présente de le voir, de le toucher. Si je laisse mes mains traîner sur mon buste, je retrouve l'amorce de son odeur. En me concentrant, je peux la reconstituer tout à fait et la laisser m'envahir.

En fouillant dans la bibliothèque, je tombe sur le premier roman de Massimo. Sur la page de faux-titre, la dédicace tient en quatre mots. Il m'adressait son livre « respectueusement ». Hier soir, lorsque je me suis échappée de chez lui, il m'appelait Claudia.

Quand nous sommes ressortis de la cave, il y avait encore du monde dans les rues. Nous avons marché jusqu'à la piazza di Spagna et nous sommes montés jusqu'au café des jardins de l'Académie de France. En m'asseyant sur la banquette molle, j'ai eu un délicieux frisson d'adultère. Pourtant, ce petit garçon est certainement inverti, me suis-je répété, comme pour me justifier de me trouver là, assise en face de lui dans l'intimité d'un café tendu de velours bordeaux. Il battait trop des cils en me dévisageant de son regard de biche apeurée pour être honnête. À chaque fois que je me trouve avec un homme et que j'ai un doute sur ses préférences, je me raccroche à ce genre de vieux trucs éculés. Comme pour me rassurer, me persuader que chacun est à sa place. Mais je sais qu'il est impossible de savoir. J'aimerais me dire que j'étais jeune et bien gourde quand j'ai rencontré Paul, mais je sais qu'aujourd'hui encore, je tomberais dans le panneau. L'autre jour, enfermée dans la salle de bains, je regardais les photos, je les disséquais comme un flic à la recherche d'indices. Je scrutais le visage de Paul, à l'affût de ce qui aurait pu m'échapper à l'époque, mais il n'y avait rien d'autre sous mes yeux que l'homme que j'ai aimé.

Je ne sais pas ce qui m'a prise, je me suis entendu dire :

« Massimo, êtes-vous homosexuel ?

— Oui, Madame. »

Il y a eu un silence un peu lourd, le temps que je comprenne l'indiscrétion de ma question. Qu'est-ce que ça pouvait bien me faire, au juste, et de quel droit posais-je des questions personnelles à ce garçon que je connaissais à peine ?

« Vous pouvez m'appeler Claudia, Massimo. »

Lorsque Massimo a commencé à geindre sur son sort en me parlant d'Aldo, qui l'avait quitté le mois précédent, j'ai regretté ma question. Comme prévu, il m'a parlé aussi de sa mère qui l'aidait beaucoup dans ce moment difficile. J'ai pensé à Giuseppe dont je n'ai jamais partagé les secrets, et j'ai suggéré qu'on change d'endroit.

Massimo m'a proposé d'aller boire un verre chez lui, il voulait me montrer le manuscrit de son prochain roman. J'ai pensé aux garçons qu'il devait inévitablement suivre dans la rue jusqu'à ce que l'un d'eux s'arrête à une terrasse et que l'autre le rejoigne à sa table. Ensuite, l'un des garçons devait proposer d'aller chez lui.

J'étais curieuse de découvrir sa tanière. Je ne suis jamais entrée chez aucun de mes amis homosexuels, qui, à en croire ma sœur, sont légion. Ce sont toujours eux qui viennent à la maison, ou alors, si je les vois seule, nous nous retrouvons en ville pour des sorties futiles. Je n'ai donc aucune image précise de leur cadre de vie. Je n'arrive même pas à savoir s'il ressemble au mien. La solitude qui ressort presque toujours de leur conversation est-elle visible sur les murs ? Je suppose aussi qu'ils n'ont pas tous fait refaire leur appartement par un ami décorateur.

Le studio de Massimo est un endroit assez ordonné et propre. J'ai été étonnée par le peu de livres qui encombraient les murs. À la place, des reproductions de David Hockney et de Reiner Fetting se répondaient d'une cloison à l'autre, au-dessus du lit. Il y avait aussi un peu partout les gros plans d'un visage de garçon blond un peu insipide, sûrement son camarade Aldo. Le lit était disposé sur une estrade tendue de tissu vert. Dans l'espace qui restait, Massimo avait casé un canapé, un bureau et un fauteuil.

Le désordre du bureau contrastait avec le reste de son logement. Des tasses à café sales s'empilaient à côté de canettes de bière vides, des sachets de bonbons éventrés encombraient plusieurs assiettes à dessert.

Je me suis assise sur le canapé et j'ai regardé Massimo

s'affairer autour de la chaîne hi-fi. Je pensais qu'il composerait un programme spécial pour moi, du Brahms peut-être, mais il s'est contenté de vérifier le contenu du tiroir de son lecteur de CD et il l'a repoussé, satisfait de me faire écouter Elton John.

Massimo m'a demandé ce que je désirais boire. J'ai imaginé la situation inverse. S'il était venu à la maison, je n'aurais pas su quoi lui offrir. Sûrement, j'aurais proposé une tasse de thé pour tenir mon rang de bourgeoise. Je lui aurais laissé le choix entre le Darjeeling et l'Oolong. Bien sûr, l'Oolong est infect et depuis le temps que je l'ai, il est devenu imbuvable, tellement il sent la poussière, mais je me dois d'en avoir dans le placard de la cuisine si je reçois. Je n'aurais pas osé proposé d'alcool sans mon mari, de peur d'être cataloguée neurasthénique à tendance alcoolo-régressive. Il y a toujours du jus d'orange au frigo, mais j'aurais hésité. En dessous de trente ans, ça peut vexer.

J'ai tiré Massimo d'embarras en lui demandant un bon petit café avant même qu'il ait le temps d'étaler les richesses de son placard. Les jeunes sont plus simples que moi. Après m'avoir tendu ma tasse, Massimo s'est versé un whisky sur des glaçons et nous avons trinqué, verre contre tasse.

Massimo m'a expliqué brièvement le sujet de son roman. Cette fois, ses amis allaient être contents, ils ne pourraient plus lui reprocher d'éviter le sujet, l'homosexualité était au cœur de son nouveau roman. Du coup, cela m'a ôté toute envie de jeter un œil au manuscrit. J'aimais les premiers romans de Massimo. Comprenait qui voulait. Je n'avais aucune envie de lire un énième roman d'homosexuel, fût-il écrit par lui. J'ai prétexté des petits ennuis de mon âge :

« C'est idiot mais je ne peux plus lire sans lunettes. Ce soir, je ne les ai pas prises. Une autre fois, Massimo, lorsque je serai mieux équipée. »

Je l'ai observé de près, oui, c'était bien la disposition de ses sourcils qui avait mis mon cœur en alerte. Mais si je descendais un peu, le nez, ce n'était pas ça du tout. Giuseppe a un nez long et fin alors que Massimo a un nez ramassé à la française. Mon café était fini. Inutile de savourer l'amertume du marc qui restait au fond de la tasse. Je me suis excusée et je suis partie.

Dehors, il pleuvait. Une douce pluie tiède qui lave de tous les chagrins. Je me suis sentie seule, une petite fille perdue dans la grande ville. En me mettant au volant de ma Cinquecento, je ne me suis posé aucune question. J'ai quitté la ville par le nord pour retrouver la maison de mon enfance.

Dès que j'entends le bruit du moteur, je me précipite sur le perron. Je me tiens toute droite devant les battants grands ouverts de la porte d'entrée pour voir la grosse voiture de Luigi pénétrer dans la cour en ronronnant. Il s'arrête sous le tilleul. Quand il sort de sa voiture, je descends les marches au petit trot pour me blottir dans ses bras.

À travers le pare-brise, j'aperçois sur le tableau de bord la pile de courrier du samedi. Sur la grosse enveloppe brune de l'agence qui m'envoie, comme toutes les semaines, la revue de presse littéraire, il y a une enveloppe bleue aux contours bariolés de blanc et rouge, un courrier par avion. Je n'en reviens pas moi-même : après toutes ces années, je reconnais au premier coup d'œil l'écriture de Paul.

1994
LES GROTTES DE MASSITISSI

Paul

C'était une folie, sûrement. Il le fallait. Une pluie torrentielle et verticale s'abat sur la voiture. Mon moteur ronfle tant qu'il peut. La visibilité est nulle. Nous traversons les montagnes absolument seuls. Si le moteur est noyé par l'eau, aucun secours n'est possible. La seule solution sera d'attendre la fin de l'orage.

En allant vers l'Est, les montagnes deviennent jaunes comme le soufre. Tout à l'heure, dans la plaine, le soleil brillait. Je me disais que ce voyage n'était pas une mauvaise idée. Ça me paraissait un acte moins désespéré que prévu. Je pensais que c'étaient les vacances, ça me rassurait. C'était comme une trêve dans la tragédie. Maintenant, en traversant des rideaux de pluie compacts, au milieu d'un torrent qui menace d'emporter la voiture, je sais que c'est une cavale. J'en connais l'issue.

Comme toujours, l'idée est venue à la fin d'un repas. Giuseppe était plutôt en forme, il avait bien mangé. Il parlait gaiement, comme si le poids qui pèse constamment sur ses épaules s'était allégé, dissous dans les mots. C'était une conversation d'adolescents. Il s'agissait de savoir, par exemple, quel était le moment le plus agréable de la journée, ou qui était vraiment le roi des animaux. Nous avons fait un vœu en cassant un os de poulet. Giuseppe a dit qu'il voulait se réincarner dans un arbre, un gros baobab prétentieux. J'ai joué le jeu et j'ai dit que moi je choisissais un cheval, sauvage de préférence. Il m'a dit que je pourrais venir brouter l'herbe au pied du baobab, qu'elle serait toujours plus verte. J'ai parlé du désert, de la solitude des arbres des zones arides, du passage quotidien des animaux qui vont boire. Il avait l'air fasciné et j'ai dit que c'était à portée de la main, à quelques heures de route. Voilà, c'est là que j'ai proposé cette escapade. Le désert, les montagnes jaunes, le *bush*. L'un et l'autre nous n'attendions qu'une occasion pour lever l'ancre. C'est inhumain de rester assis sur sa chaise en attendant la fin. Quoi qu'il arrive, nous aurons traversé le monde. Nous devons entretenir cette petite flamme qui déplace des montagnes.

Après le col, la route file droit vers l'horizon, toujours aussi bouché. Dans le rétroviseur, j'aperçois deux gros phares carrés. Ils se rapprochent. Je distingue maintenant l'avant d'un camion. Il continue à foncer sur la voiture. Dans la descente, j'ai pris un peu de vitesse, mais le camion roule toujours plus vite que moi, comme s'il ne pouvait pas ralentir. Il se rapproche encore. Le poids lourd klaxonne et, dans le fauteuil, à l'arrière, Giuseppe se réveille en sursaut. Il se trouve face à l'immense calandre qui se dirige droit sur nous. Son cri se perd avec le klaxon du camion qui vient de se bloquer. Le poids lourd déboîte, sa vitesse l'entraîne de l'autre côté de la route. Le petit coup de volant qu'il a donné pour doubler le fait sortir de la route. La cabine percute un arbre et se retourne à angle droit de la remorque. Je freine, la voiture s'arrête dans un silence inquiétant.

Giuseppe s'est tu. Accroché au volant, je rassemble mes forces. Je m'apprête à sortir en reconnaissance. L'angoisse qui m'oppresse, c'est de savoir ce que je vais trouver et dans quel état. Pendant que la peur et la lâcheté me font perdre des secondes qui pourraient s'avérer précieuses pour sauver une vie, la porte du camion s'ouvre et le chauffeur descend sur ses deux jambes. Il a une plaie au front, du sang ruisselle de sa peau noire sur son tee-shirt. Il pousse plusieurs hurlements en levant les bras au ciel et puis, ses bras retombent, il hausse les épaules et il se tait. Il entreprend d'escalader la cabine du camion qui s'est renversée sur le flanc.

Le chauffeur ressort avec une petite sacoche. Il essuie le sang sur son visage avec une serviette éponge. Il ouvre la portière de notre voiture, s'assied sur le siège du passager, à côté de moi. Il dit que ce n'était sans doute pas encore son heure, il regarde la route droit devant lui, en silence. Il a des yeux d'enfant. Nous abandonnons le camion dans le ravin. Nous passons un point de vue imprenable, perdu dans le brouillard. Le parking pour autocars est vide. La pluie fait des ronds dans les creux du bitume. Le va-et-vient des essuie-glaces rythme l'avancée de la voiture. La Traviata est morte juste avant l'accident, le poste s'est remis sur « radio » à la fin de la cassette. Entre les montagnes, les ondes parviennent difficilement jusqu'à la voiture, il n'y a qu'un petit crachotement continu. Le chauffeur du camion fouille dans son sac et brandit une cassette qui vient remplacer Maria Callas dans l'orifice de l'auto-radio. Pendant l'amorce, l'homme se tourne vers Giuseppe.

« Whitney Houston. La musique du film américain, vous savez. »

Giuseppe a l'air de connaître. La chanson parle d'amour éternel. *I Will Always Love You.* Je regarde la nuque de Giuseppe remuer en cadence dans le rétroviseur.

Au premier village, l'homme nous quitte, il va téléphoner. Je descends Giuseppe de la voiture pour lui faire boire quelque chose de chaud. Nous sommes glacés. Le seul café du village est envahi de touristes allemands. Il est attenant à une boutique de souvenirs où on s'arrache tapis, colliers en perles et plats en bois sculpté. Ils ont déjà tous aux pieds les sandales qu'ils viennent d'acheter. Leurs semelles sont découpées dans de vieux pneus. Il faut espérer qu'ils ont des sculptures anti-aquaplaning. Je pense qu'à Stuttgart, les femmes, en rentrant, mettront leur verroterie au placard pour ressortir la rivière de strass. La seule occasion de porter les colliers et les bracelets zhulu, ce sera pour la soirée diapos où l'on mettra de l'ordre dans les souvenirs de vacances. Les plats iront peut-être avec les tapis dans le chalet de montagne, un peu de soleil pour les sports d'hiver.

Je réussis à trouver une chaise et je m'installe à côté du

fauteuil de Giuseppe, sous un auvent, à l'abri de la pluie. De la musique parvient jusqu'à nous depuis le magasin de souvenirs. C'est encore Barbra Streisand qui chante *Memories* sur fond d'orchestre symphonique. Sa voix se perd dans la brume et les bruits de tasse. Jusqu'au milieu des montagnes d'Afrique, Broadway distille sa mélancolie vénéneuse. Des souvenirs, nous n'aurons bientôt plus que ça. Giuseppe est prostré, la tasse de café vide posée sur ses genoux. Il sait encore reconnaître le mauvais café. Pendant qu'il buvait, il n'a pas cessé de grimacer entre deux gloussements. Nous dérivons tranquillement, bien à l'abri sur notre radeau au milieu d'un océan de grisaille. Devant nous, l'horizon est complètement bouché. Au détour d'un banc de brume, on aperçoit les couleurs vives des vêtements imperméables des touristes. Certains s'acharnent à faire le tour du site qui s'étale en contrebas, invisible. Leur appareil photo est bien à l'abri dans un sac en plastique transparent. Devant le marchand de souvenirs, sous un auvent comme le nôtre, une petite fille a installé un stand où elle vend des pochettes en plastique « spéciales pluie, spéciales appareils photo ». De l'autre côté, on loue des fauteuils roulants pour les handicapés, le parcours est aménagé.

En passant devant notre refuge, deux touristes veulent nous acheter des tickets pour la visite. La femme serait plutôt pour essayer de passer gratis, tenter le coup, mais l'homme met un point d'honneur à être en règle dans un pays qui n'est pas le sien. Il me demande combien il me doit pour deux entrées. Je lui réponds qu'aujourd'hui, à cause du temps, c'est gratuit. Il n'en revient pas, il se demande s'il a bien compris. Sa femme lui ordonne de ne pas insister, on ne sait jamais, si les gardiens changeaient d'avis.

Un homme âgé vient louer un fauteuil roulant. Un instant plus tard, il revient en poussant sa femme. Elle a dû faire une attaque assez récemment, tout son côté droit est paralysé. Ils s'arrêtent un moment devant Giuseppe. La femme, dans son fauteuil, essaie de sourire. La partie droite de son visage reste fixe et toute la gauche vient se friper de haut en bas autour de l'aile du nez. L'homme fait un petit signe de la main. Il se tourne vers moi et me sourit en signe de solidarité. Un homme si jeune, c'est un grand malheur. Eux au moins, merci Seigneur, ils ont vécu quarante ans ensemble en parfaite santé. L'homme et la femme reprennent lentement leur promenade jusqu'au bout de leur vie.

Giuseppe m'inquiète, il présente des signes de fatigue très visibles. Ce voyage va finir de l'épuiser. Je regarde le ciel. Un rayon de soleil tente de percer entre deux nuages noirs. Il y a une lumière de Jugement dernier. Je suis peut-être en train d'achever mon fils avec ce voyage, mais on ne refuse pas sa dernière cigarette au condamné. Je vais allonger Giuseppe sur le matelas, à l'arrière de la voiture, et nous allons continuer vers l'Est pour trouver un refuge. Je connais un village de montagne avec une pension de famille accrochée aux rochers, au-dessus d'un torrent.

La pluie a cessé, mais toute l'humidité de la journée remonte en gros nuages de vapeur au-dessus des montagnes. Avec ce temps, ils ne pensaient plus accueillir de voyageurs ce soir. La chambre n'est pas prête. Il nous faut attendre. On nous propose cependant d'aller déposer nos bagages. La chambre est au bout de la terrasse, numéro 23. Toutes les portes ouvrent sur la cour, comme un relais de poste. La salle de bains est déjà faite quand nous arrivons. La femme de chambre s'occupe des lits. En attendant, nous pouvons déjà profiter de la salle de bains. C'est une grande pièce carrelée à l'ancienne, avec un liséré noir de faïence épaisse. La baignoire est en porcelaine jaunie, ses veines grises lui donnent un air antique et respectable. Je place le fauteuil de Giuseppe à côté de la coiffeuse à dessus de marbre et je m'assieds face à lui, sur le couvercle des toilettes. Tout à coup, on pourrait se croire chez les grands-parents de Giuseppe, dans la grosse maison carrée de Toscane. Le père de Claudia aurait fini par hurler pour conclure une discussion politique, nous aurions laissé la mère et la fille pleurer en cuisine et nous nous serions réfugiés à la salle de bains pour bouder. C'est tout le réconfort de cet endroit, on se sent en famille.

À côté de la baignoire, la fenêtre est entrouverte, nous apercevons les voisins qui lisent sur leur bout de terrasse. Ce sont deux hommes jeunes qui parlent en anglais. Je me demande immédiatement s'il s'agit d'un couple ou de deux compagnons de voyage. Le brun est magnifique. Son front large soutient toute l'harmonie du visage. Ce soir, quand Giuseppe dormira, j'irai au salon, près du poêle et je choisirai une revue sur la table basse. Calé dans mon fauteuil, j'essaierai d'en savoir plus. Je m'accroche à mon rêve, je cherche même un prétexte pour engager la conversation avec eux. L'un des hommes tourne son visage dans ma direction. Il me dit bonjour, tout simplement, et il replonge dans sa lecture. Je sais que je n'irai pas au salon ce soir. Je n'oserai pas laisser Giuseppe seul dans l'état où il est. Il est épuisé, il faut l'allonger, et tout de suite.

Je sors Giuseppe de son fauteuil, je le déshabille et je l'allonge dans la baignoire. L'eau tiède va lui faire du bien. À genoux sur le carrelage, je masse doucement ses épaules et sa nuque. Mes doigts ne rencontrent aucune résistance. La chair ne réagit pas à la pression de mes mains. Mes caresses savonneuses ne le réchauffent plus. Je le laisse un moment enveloppé dans la tiédeur de l'eau, en espérant qu'il puisse en emmagasiner un peu pour lui. Son visage finit par se détendre et il s'endort. Je place sa chemise en boule sous sa nuque en guise d'oreiller. Je suis maintenant obligé de rester à côté de lui pour le veiller. Sa tête doit rester hors de l'eau.

Dans l'obscurité carrelée de la salle de bains, j'oublie la route et toute la pluie de la journée. Sur la surface calme de l'eau, je n'entends plus que la respiration un peu gémissante de Giuseppe, et, par la fenêtre, le bruit des pages qui tournent chez les deux Anglais.

Giuseppe

À droite de la route, de vieux poteaux en bois soutiennent la ligne électrique, de ceux qui servent de perchoir aux vautours dans les bandes dessinées. Après la pluie de ces derniers jours, c'est maintenant un soleil de plomb qui chauffe les tôles de la voiture. Nous traversons un paysage pelé d'arbustes rachitiques et d'herbe jaune. Tout à l'heure, papa s'est arrêté dans un grand supermarché pour acheter des casquettes et de la crème pour protéger du soleil. Il prend bien soin de moi. Il s'arrête régulièrement pour me faire boire. Hier, il m'a massé le dos pour me défatiguer. Avant, j'avais profité d'un bain chaud. C'est un plaisir qui revient de très loin, déjà presque oublié, quand la peau blanchit et se ride à force de tremper dans l'eau chaude. Maintenant, il m'entoure de ses bras et il m'embrasse le soir avant que je m'endorme. Nous nous entendons bien, tous les deux.

Nous roulons avec les fenêtres ouvertes. Depuis quelques jours, je réclame constamment de l'air. Patiemment, papa ouvre les fenêtres, où que nous soyons. Pour ce soir, il m'a promis une hutte sans fenêtres au milieu du *bush*.

Les ouvertures sont seulement grillagées pour nous protéger des animaux. L'air circule librement. Ces jours-ci, j'ai l'impression d'être tout le temps obligé de relever la tête pour respirer. C'est un effort constant, comme à la piscine lorsque maman m'emmenait et que je ne savais pas nager. Je me fatiguais à battre des jambes dans tous les sens pour ne pas couler et je ressortais épuisé.

Papa s'engage dans un chemin de terre sous une pancarte qui annonce une *lodge* tout confort. Les roues s'enfoncent dans les nids de poule. Les amortisseurs sont morts et je n'arrive pas à tenir ma tête. C'est très douloureux, je ne parviens plus à accorder ma respiration aux cahots, ils sont trop rapprochés. Je m'asphyxie peu à peu, ma vue se brouille.

La voiture s'arrête. Mon souffle résonne comme une chaudière qui s'emballe mais je retrouve un peu d'air. Bien que le paysage soit encore chamarré, je distingue les reliefs. Nous sommes arrêtés au milieu d'un cercle de petites huttes. Papa a disparu. Des cochons sauvages grognent dans un coin. Un jeune buffle est attaché au piquet. Plus loin, sur le bord de la piscine, des touristes prennent des coups de soleil sur des transats. Quand papa ressort, il est accompagné d'une grande femme blonde en treillis qui lui donne une clef. Il ouvre le hayon de la voiture, déplie ma chaise roulante et m'y installe. Au moment où il me pousse vers la hutte qu'on lui a indiquée, la femme revient. Elle lui rend ses billets de banque en expliquant qu'elle s'est trompée, elle avait oublié une réservation, elle n'a plus de lit pour cette nuit. Elle rentre rapidement à la réception et nous restons un moment interloqués, papa et moi, nos casquettes de base-ball sur la tête.

Plus loin, nous trouvons une autre *lodge*. Papa arrête la voiture, une femme aux cheveux blancs sort de l'ombre du patio, suivie d'un bel homme qui doit être son fils, tellement il lui ressemble. Ils s'approchent de la voiture, la femme fait un signe et son fils disparaît. Il revient un instant plus tard avec un fauteuil roulant aux coussins épais. Son père le suit, les jambes enveloppées dans un plaid, manipulant la manette de sa petite voiture électrique. Il a la moitié du visage déformée par une longue cicatrice.

La femme me regarde en souriant tristement. Ses yeux sont bleu délavé, presque gris. Elle me dit de l'appeler tante Olga et elle présente la famille, oncle Loulou, son mari, et oncle Cecil-John, son fils. Papa m'installe sur le fauteuil de luxe prêté par la maison et oncle Cecil-John l'aide. Ses gestes sont très sûrs, ses grandes mains sont chaudes. On sent qu'il est familier des handicaps de toute sorte. Oncle Loulou fonce sur l'allée en ciment qui mène à notre hutte, il ouvre la marche dans son fauteuil électrique. Oncle Cecil-John m'allonge sur un des lits. Sur la tablette, à côté de moi, il ouvre une bouteille Thermos et me verse un verre d'eau fraîche. Ensuite, tout le monde repart pour me laisser me reposer.

Les pales du ventilateur touillent l'air sous le toit en chaume. Les fenêtres en grillage sont doublées de moustiquaires. Ici, ma respiration est plus calme, on sent circuler l'air d'un mur à l'autre. Il y a dans mon flanc une douleur sourde et suffocante, un point de côté permanent. C'est comme si tous les aliments rataient l'entrée du canal digestif pour aller s'entasser là, vers le poumon. Une infection se développe lentement, elle prend ses aises sur un lit de sédiments en fermentation. Une autre vie commence à l'intérieur de la mienne. Elle me vampirisera jusqu'à la blancheur absolue. Je ne suis plus seul. Les vautours ne peuvent pas franchir les grillages. C'est de l'intérieur que les charognards monteront, engendrés par mon organisme déréglé. Seules quelques mouches bleues obèses font leur tour de garde sous le toit en évitant les pales du ventilateur. Mille couleurs contre lesquelles j'ai passé la journée à lutter viennent envahir mes rétines fatiguées. Je les laisse évoluer à leur guise.

Oncle Cecil-John ouvre la porte, papa le suit. Ils s'asseyent tous les deux au bord du lit, comme deux camarades de pensionnat. Ils me demandent si je me sens assez reposé pour faire une excursion-safari avant la nuit. La sieste m'a fait du bien. Le thorax est plus douloureux que tout à l'heure, mais mon regard réussit à se fixer, je n'ai plus à lutter contre les divagations visuelles qui m'assaillaient dans la journée. Une fois assis, la douleur se tasse vers le fond, au-dessus du ventre. Mes épaules me font l'effet d'être cassantes comme du verre mais je parviens à respirer.

La Jeep, à ciel ouvert, est équipée de petits bancs disposés en gradins. Tout le monde est prêt à partir, on n'attend plus que moi. Oncle Cecil-John fait de la place à l'arrière, il met la roue de secours sous les bancs. Papa sort un tube bleu et m'étale de la crème solaire sur le visage. C'est agréable, ce réveil de mon visage, cette préparation à recevoir le dernier soleil du jour. Du haut de la Jeep, les passagers qui attendent de partir nous regardent. Le soleil est bas dans le ciel, orangé. C'est sûrement l'heure où les lions vont boire. Papa et Cecil-John me hissent à bord de la Jeep et ils prennent place à côté de moi, chacun sur un carter de roue. Oncle Cecil-John porte un gros revolver à la ceinture. Il me sourit en caressant la gaine de cuir. Pour les lions, par sécurité.

Le chauffeur démarre enfin et tout le monde, sur les bancs, applaudit. Il monopolise la parole. Il parle de la dernière fois qu'un lion a mangé un touriste belge. Il s'assure que tout le monde a mis de la crème pour se protéger du soleil et l'on sent que quiconque avouerait son oubli passerait un sale quart d'heure. Il évoque sa vie de mercenaire dans un pays voisin. Il est recherché par le nouveau gouvernement démocratique et là, au milieu des animaux, il est tranquille, ces salauds ne le trouveront pas. Le soleil frôle la voiture par le côté. L'ombre des bancs se détache sur l'herbe sèche. Comme le soleil est déjà proche de l'horizon, la silhouette de la Jeep est allongée. Elle nous précède un peu et reste imprimée sur l'herbe un moment après notre passage. Quand nous croisons un groupe de girafes, le chauffeur arrête le moteur. Chacun se touche du coude en silence. J'ai peur que ma respiration fasse trop de bruit, mais, quand les girafes traversent la piste juste devant le capot, une salve de déclencheurs d'appareils photo les accompagne. Je m'autorise à respirer normalement, je ne fais pas plus de bruit que les obturateurs auto-focus. Devant l'élégance de cette girafe qui se balade comme une coquette au Palais-Royal, le sentiment de ma déchéance est décuplé.

Je me sens comme un bigorneau au fond de sa coquille, écrasé par le poids de sa propre opercule.

Le chauffeur s'assure que toutes les photos ont été prises et il redémarre. Il parle des Bushmen qui étaient sur le point de décimer les girafes pour les bouffer. Heureusement, grâce à des gens comme lui, les girafes ont pu être protégées. Papa se penche pour me parler à l'oreille :

« C'est surtout grâce à des gens comme lui qu'il y a aujourd'hui plus de girafes vivantes que de Bushmen. »

Nous allons entrer dans la réserve des lions. Là aussi, le chauffeur nous parle des Noirs qui fuient le pays voisin à pied pour se faire finalement dévorer par les lions en traversant les réserves. C'est leur odeur, dit-il, les lions aiment ça. Papa me jette des regards désespérés. Je me sens particulièrement calme, toutes ces paroles glissent autour de moi sans froisser l'air. J'ai plutôt envie de rire. Les lions n'ont pas voulu d'oncle Loulou, ils l'ont mutilé et puis ils l'ont abandonné. Lui, le mercenaire planqué, j'ai l'intuition qu'ils ne le rateront pas le jour où ils pourront poser une patte sur lui. Je crois que son odeur de blond grillé par le soleil ne leur déplaira pas.

Les lions sont fatigués. Oncle Cecil-John pose un pied à terre pour les faire rugir mais ils se retournent sur l'autre flanc, profitant des derniers rayons du soleil. Un autre s'approche du bac en ciment pour boire. La lionne se retourne, les pattes en l'air, pour s'étirer et se frotter le dos contre des racines. Les appareils photo crépitent, la voiture redémarre.

Plus loin, seul sous un arbre mort, un pauvre lion rachitique tremble de tous ses membres devant un morceau de viande presque intact. Tout le monde peut descendre de voiture pour le caresser, il n'est pas méchant. Je reste dans mon fauteuil et je regarde du haut de la Jeep. Le lion recule quand on s'approche de lui. Il est arrivé récemment à la réserve, en placement judiciaire. Taw vient de la ville, c'était un lion domestique. Ses propriétaires qui étaient végétariens lui faisaient suivre le même régime qu'eux. Les voisins les ont dénoncés et la police est intervenue. Je sens une immense sympathie pour Taw. Sa respiration est rauque, il a peur de tout, les appareils photo le font sursauter. Je ne pensais pas trouver ici, au milieu du *bush*, un frère d'infortune. Des mouches bourdonnent sous son nez, en brassant l'odeur de pourriture du morceau de viande chauffé au soleil. De mon côté, il monte sûrement des effluves de chair humaine en putréfaction. Taw lève la tête, ses grands yeux vides croisent mon regard de condamné.

Sur le chemin du retour, nos silhouettes glissent, de plus en plus trapues sur les pierriers. Le chauffeur pontifie sur la vie des bêtes, leur sagesse. Les hommes dans leur folie devraient en tirer des leçons. Il parle de l'ordre naturel des choses, les mâles avec les femelles. Ce sont les lionnes qui chassent et le lion attend que la nourriture vienne jusqu'à lui. C'est un exemple à suivre. Oncle Cecil-John regarde le bout de ses bottes. Je suis épuisé, saoulé de paroles vides.

Quand la voiture pénètre dans le camp, oncle Loulou fait des allées et venues devant les huttes. Il prend le virage sur une roue et revient, très agité. Nous sommes en retard, on nous attend pour servir le dîner. Tout le monde saute des bancs de la Jeep et court se préparer. Une fois mon fauteuil à terre, papa le roule tranquillement vers l'abri qui sert de salle à manger. Sa présence dans mon dos me protège. Sa démarche tranquille et puissante me fait du bien, c'est comme une force de résistance à la terreur ambiante. Nous entrons dans un cercle où brûle un feu sur une pierre blanche. Nous sommes préservés des animaux par un mur de chaume. Au-dessus de nos têtes, la voûte du ciel commence à scintiller d'étoiles. La cuisinière remue le contenu de ses chaudrons avec une grande spatule. Un petit garçon accroupi près du feu souffle sur les braises pour les faire rougir.

Avant toute chose, oncle Loulou prononce la bénédiction. Tout le monde baisse la tête. Les touristes de Taïwan, les Allemands et les Américains marmonnent tous en même temps des mots qu'ils ne comprennent pas. Pour échapper à l'asphyxie, je relève le menton. Ensuite, oncle Loulou lève son verre de vin pour remercier la vie. Son petit visage couperosé respire la hargne de vivre. Il a survécu au lion qui voulait le dévorer, et maintenant, il se croit invincible. Il tend son verre dans ma direction pour porter un toast spécial. Les regards gênés depuis mon entrée s'allument enfin, tout le monde se tourne vers moi en levant son verre. La question est réglée. Tante Olga a l'air ravie de l'initiative de son mari. Oncle Cecil-John remplit mon assiette.

Papa est là tout près, il faudrait qu'il me fasse manger. C'est une sensation de gouffre qui m'assaille. J'ai une assiette pleine de nourriture fumante sur les genoux et je suis incapable d'y toucher. En face, plus personne ne s'occupe de moi, on s'empiffre en silence. Les touristes de Taïwan mangent très vite. Ils accumulent la nourriture dans leurs joues, puis ils la projettent vers leurs profondeurs avec une grande rasade de Coca-Cola. Chez moi, je sens que tout durcit à l'intérieur. Ça manque d'air. Mes bras sont engourdis, je n'arrive même pas à les lever. Dans les mains, j'ai une fourchette et un couteau qui cognent contre le métal des roues du fauteuil au rythme de mes tremblements. Toujours cette lueur rouge qui voudrait triompher. Face à moi, les braises du feu envahissent tout l'espace. À portée de la main, le visage de papa tendu vers moi, qui attend un signe. Je dois l'appeler avant d'être noyé sous un flot de couleurs.

« Papa, je veux dormir. »

Il fait nuit. Oncle Cecil-John a allumé un feu dans le campement pour éloigner les lions. Il nous précède avec sa lampe torche et nous laisse seuls dans la hutte. Papa me déshabille, il m'allonge sur le lit et commence à me pétrir le dos. Il a appris à connaître mon corps. Il comprend instinctivement ma douleur. Ses mains étirent les chairs comprimées sans que j'aie besoin de lui expliquer la géographie de mon mal. Sur le dos, maintenant, il me fait boire. Une seule gorgée suffit à me noyer. Il tire sur les côtes, pétrit l'abdomen. Mes sédiments se réajustent. Ils flottent un moment puis se redéposent. La nausée se refuse à moi. Je ne peux même plus faire le vide. Il me faut vivre avec un parasite, et, si possible, apprendre à l'aimer. Je me refuse à trouver des mots pour la douleur. Il n'y a pas de substantifs pour les diverses sensations de ma chute. L'imprécision m'aidera à tenir un peu plus longtemps. Un tout petit filet d'air parvient à traverser mon thorax. Je vais l'entretenir.

Papa me borde, il m'embrasse. Tout se passera bien. Surtout, promets-moi de ne jamais avoir peur.

Au moment de tirer la porte grillagée derrière lui, il a encore une hésitation. Je ne perçois plus nettement la belle image de son visage à contre-jour derrière les alvéoles du grillage, mais je parviens à me la figurer d'après l'arrêt de sa trajectoire. Ses cheveux doivent être auréolés de la lumière du feu qui brûle au milieu de la cour. Je ferme deux fois les yeux en signe d'acquiescement. Retourne au monde, papa.

Une farandole de gros insectes ailés s'égaille en dessous du toit. Ils jouent à la corde à sauter avec les pales du ventilateur. Des libellules tirent la palette vers le bleu. Un beau turquoise lumineux qui lutte un moment contre l'orange. Il faut résister. L'orange doit rester dans un coin, ne pas envahir tout l'espace. Il faut, il faut... il faudrait.

Un homme est penché sur moi, sa bouche contre la mienne. Il souffle de toutes ses forces et je sens l'air descendre comme une eau tiède. Papa est juste au-dessus, à portée de mon regard, il me tient la main et m'essuie le front. La bouche appartient à oncle Cecil-John. Si je baisse les yeux, je peux voir son profil gonfler et dégonfler pour me faire revenir à moi. Il a dû m'arriver quelque chose. En me concentrant, je retrouve des pas précipités, des secousses dans mon sommeil, et puis un chemin dans la nuit bordé de haies de flammes avec, derrière, les yeux brillants des fauves qui n'osent pas franchir le feu. Une urgence, probablement.

Autour de moi, ils parlent déjà comme si je n'étais pas là. Oncle Cecil-John se retire. Il pose sur mon visage un masque transparent prolongé par un tuyau. Je n'ai plus aucun effort à faire, dormir seulement, l'air vient tout seul jusqu'à moi. Oncle Loulou approche, je perçois la vibration de son fauteuil à moteur. Il y a encore une ronde de pas autour de moi et tout les bruits s'éloignent.

Une main rassurante se pose sur mon épaule. J'ouvre les yeux. Oncle Cecil-John me sourit. Il sort de la pièce en refermant la porte. Il n'y a plus que papa et moi dans la chambre. Il s'allonge sur le lit à côté de moi. Il s'étire en faisant bouger le matelas puis il vient se blottir contre mon flanc. Je sens ses côtes se soulever régulièrement et il s'endort en ronflant tout doucement, comme un bébé qui rote. Je n'ai pas sommeil.

Claudia

Le trottoir roulant avance lentement. De chaque côté, derrière les vitres, des nappes de brouillard flottent dans la nuit entre des lumières jaunes. Je n'ai plus avec moi qu'un gros sac à main fourre-tout, celui qu'ont en commun les putes et les femmes journalistes. Luigi m'a serrée contre lui devant le portique de douane. Son odeur monte encore de ma veste. Au fur et à mesure que le tapis de caoutchouc avance, elle diminue, se confond peu à peu avec les effluves de cigare qui stagnent dans le couloir, pour finalement disparaître tout à fait et me laisser seule avec des secousses molles dans les jambes.

Dans l'aquarium, ils sont tous là, prêts à embarquer. Ce sont mes compagnons de voyage. Il n'y a pas un seul Noir. C'est la première fois que je pars pour l'Afrique et il n'y a pas d'Africains. Les voyageurs sont tous blonds et roses, les plus châtains d'entre eux ont les cheveux décolorés par le soleil. Je ne me suis jamais sentie aussi méditerranéenne de ma vie. Tout le folklore blanc d'Afrique est là, dans cette salle d'embarquement. Des vieux aux cheveux blancs, le visage mangé par la couperose, portent l'ennui au fond de leurs yeux. Comme s'ils allaient retrouver une vieille maîtresse, sans passion, par habitude ou fatalité.

Qu'est-ce que Paul est allé faire en Afrique? Je ne sais rien de sa vie depuis des années. Je l'imaginais encore à Paris. Maintenant, je commence à percevoir ce qui l'a attiré. Cette certitude qu'on ne rentrera pas, que quelque chose de soi restera là-bas. C'est l'endroit pour lequel on embarque quand on veut mettre des océans entre sa vie et le monde. D'un continent à l'autre, la voix des sirènes porte suffisamment pour appeler les matelots à la dérive. Giuseppe, à son tour, s'est laissé bercer par le chant des femmes-poissons. Je sens le froid de leurs écailles et je frissonne.

Les femmes de mon âge ont toutes une mine neurasthénique. Un air d'avoir été trompées, lésées de quelque chose. Un voile de frustration résignée trouble leur regard. Leur bouche reste crispée dans un rictus de peur, la trouille d'être sur le point de perdre quelque chose. Je rentre un peu mes joues entre les mâchoires, je pousse sur les lèvres pour faire ressortir ma bouche pulpeuse de belle Italienne. Je ne suis pas comme elles.

Le steward est charmant. Il est aux petits soins. Forcément, c'est un beau garçon entre vingt et trente ans. Il a des cheveux noirs bouclés de mouton rebelle et un corps à la Michel-Ange. Il me propose des oreillers. La place à côté de la mienne restera vide pendant tout le voyage, je pourrai m'étaler. Je vais goûter le luxe de la solitude en avion. J'accepte tout, oreillers, couvertures. Toute forme de douceur capitonnée est bonne à prendre. J'ai besoin de moelleux et de sucre. J'attends les bonbons et les jus de fruits.

Le décollage me déchire le fond du ventre, et c'est l'hémorragie. Depuis plusieurs jours, j'ai fait des exercices de respiration chaque fois que je me sentais submergée par un flot d'émotions. Comme les malades cardiaques, je me suis épargné les sensations trop fortes. J'ai soigneusement évité Francesca. Une fois, pourtant, elle est venue, je l'ai entendue en bas de l'escalier. Carla lui a dit que j'étais absente, et, pour une fois, elle n'a pas insisté. Jusqu'ici, j'ai tenu le coup, je suis restée calme, mais là, la carapace se fissure. Il n'y a plus rien à faire. J'atteins mes lunettes noires au fond de mon sac et je pleure doucement. C'est un grand bonheur de sentir mon corps se débrouiller tout seul, au rythme imposé par les sanglots. Il n'y a qu'à se laisser fondre comme un bonbon acidulé sous la langue.

Le steward m'apporte une petite pochette de mouchoirs en papier, très discrètement. Il me regarde, sourit. Il découvre ses dents blanches et carrées. Je ne sais pas ce qui me prend, je soulève la tête du fauteuil et je m'approche de son visage. J'ai envie de l'embrasser, de chercher sa langue pourpre derrière la barrière de ses dents. C'est sûrement ce qu'on appelle l'éducation, la bonne, cette chose qui vous foudroie en pleine impulsion pour vous ordonner d'arrêter ce que vous êtes en train de faire. Je laisse retomber ma nuque sur l'appuie-tête en rougissant comme une adolescente. Je me sens même transpirer sous les bras. Pour me donner une contenance, je sors un mouchoir de sa pochette en cellophane et je m'en tamponne les yeux. Le diable s'est éloigné.

Je me laisse encore glisser dans ma complaisante humidité. J'attrape le casque sur le bras du fauteuil et je joue
avec le curseur des fréquences de la radio. La *Walkyrie*,
Tina Turner, Eros Ramazzotti. Je me laisse aller au fond
du fauteuil, je retire mes escarpins. La moquette rugueuse
de l'avion me chatouille la plante des pieds. Je sens le goût
salé des larmes sur mes lèvres. J'ouvre chaque pore de ma
peau à ce qui m'entoure. Je voudrais enfin arriver à vivre
des émotions au présent. Je dois être prête en arrivant.

La chanson se termine et je me lève pour aller me rafraî-
chir le visage. À côté de la porte des toilettes, il y a un
homme debout qui semble attendre. Il me dévisage, mes
lunettes sombres l'intriguent. Comme son regard me gêne,
je lui demande s'il attend pour faire pipi. Sans se démonter, il me répond qu'il a déjà fait ses petites affaires. Les
toilettes sont libres, seulement, il préfère voyager debout,
c'est la raison de sa présence au fond de l'avion.

Je tire le verrou et la lumière des néons se met en marche. J'ouvre le robinet et je reste un moment les mains
sous le jet d'eau froide. Tout, dans cet espace, est désespérément fonctionnel. Un raccourci saisissant de la condi-
tion humaine. Au-dessus de la cuvette, une tablette peut
s'abattre pour langer bébé. Sous le lavabo, il y a des ser-
viettes hygiéniques pour un régiment de jeunes filles impré-
voyantes. Dans un filet sur la porte, des flacons d'eau de
Cologne attendent de faire disparaître, ou, du moins, de
masquer l'odeur des corps avant leur sortie. La vie s'écrit
ici en idéogrammes colorés. Mon existence se déroule
devant moi comme un vaste jeu de piste. J'ouvre la porte
pour rejoindre mes semblables.

Au passage, l'homme me demande ce que je vais faire en Afrique. Il a le regard méprisant du baroudeur qui trouve très amusant qu'une femme porte des escarpins pour une telle destination. Je me plante profondément dans la moquette avec mes talons hauts. Sur cet appui solide, je me redresse pour le toiser. Je retrouve ma fierté de mère et je lui dis que mon fils se meurt là-bas. Une flèche empoisonnée a transpercé son cœur. Le voyageur balbutie quelque chose et je retourne à ma place. Je dois préparer nos adieux au monde.

La salle de transit de Jan Smuts est aussi triste que celle de n'importe quel aéroport au monde. Il y a peu de temps encore, j'aurais pris des notes. Je serais allée voir si les toilettes étaient maintenant ouvertes aux Blancs et aux Noirs sans distinction. J'aurais essayé de faire un tour au poste de police. Là, je reste prostrée au fond de mon fauteuil. Je n'ai même pas le courage de me traîner jusqu'à la cafétéria pour prendre un Coca-Cola. Habituellement, je n'en bois pas mais ici, tout d'un coup, je ne trouve pas de meilleure idée. Au moins, je suis sûre de me faire comprendre. Un petit homme passe tout près de moi avec son chariot. Il suffit de tendre quelques dollars au bout du bras et, en échange, je reçois une boîte de tôle glacée.

Une femme noire passe devant mon fauteuil. Elle marche en posant les pieds bien à plat sur le sol, ce qui provoque une ondulation verticale de son corps. Trois petits enfants la suivent en file indienne, ils portent chacun un paquet. Je suis sur le continent des mères, je ne peux pas rater mon retour. Giuseppe n'est pas venu jusqu'ici pour rien. Attends-moi, mon bébé. Un dernier avion et je serai là.

En récupérant ma valise dans la soute, je m'accroupis et, furtivement, je touche le sol. Je pose ma paume contre le bitume, un cœur bat à fleur de terre. Je passe la douane et je me dirige vers le guichet de location de voitures. L'aéroport est grand comme une gare d'autocars en Calabre. L'employée porte ma valise jusqu'au coffre de la petite voiture rouge. Je m'installe au volant et je démarre. Dans ma précipitation, j'ai passé la troisième et le moteur cale. Je recommence, j'enclenche calmement la première, la voiture s'élance. Dans le rétroviseur, j'aperçois l'employée qui agite la main pour me souhaiter bonne route. Le paysage a sur moi un effet apaisant. Les hautes montagnes rouges me protègent. Je sais que j'arriverai à temps.

La voiture monte à l'assaut du plateau. Je traverse une ville, je roule au pas au milieu du marché. Il faut éviter les enfants et les poules en liberté. Je laisse passer les ânes. Les piétons encerclent pratiquement la voiture en avançant. Des hommes à cheval, une couverture rayée sur les épaules, attendent derrière ma voiture pour passer. La route, à la sortie de la ville, monte encore. Je me rapproche des nuages.

La lettre de Paul est posée sur le siège du passager. Son plan est assez précis. J'arrive enfin à la pancarte du village mais je sais que c'est plus loin, un peu au-dessus. Je détaille la paroi rocheuse qui domine le groupe de maisons rouges, sans voir la moindre caverne. Au pied de la roche, un homme pousse une brouette de fourrage, ses moutons le suivent. Je sors de la voiture et je me dirige vers lui. Quand j'ouvre la bouche, l'homme a un petit mouvement de recul. Nous avons du mal à nous comprendre. C'est lorsque je parle du père et du fils qu'il me fait signe de le suivre. Je dois laisser la voiture là où elle est, et monter à pied. Nous posons la valise sur la brouette pleine d'herbe et il me précède sur le sentier, les moutons nous suivent. Mes talons s'enfoncent dans la terre. J'essaie d'avancer droit en marchant sur la pointe des pieds. Ma tenue n'est pas très adaptée. L'homme me regarde comme une apparition, il y a de la crainte dans son regard. Nous contournons des taillis pour arriver finalement sur un terre-plein dissimulé aux regards par des arbres. L'homme pose ma valise. Il me serre la main rapidement et il repart. Je regarde disparaître les derniers moutons entre les arbres. Il fait frais, la nuit ne va pas tarder à tomber.

Je suis maintenant seule au milieu de la terrasse et j'appelle. Je dis leurs noms. Paul, Giuseppe, je suis là. Ça fait combien d'années que je n'ai pas prononcé ces noms à voix haute ? Je me risque à l'intérieur. Tout est bien rangé, il n'y a personne. Les deux chambres sont presque identiques, fermées par des rideaux de toile blanche. J'essaie de savoir où dort Giuseppe. Je me mets à genoux pour renifler les draps. Ce n'est pas l'odeur de Giuseppe que je reconnais mais celle de Paul, sur l'autre lit. Je suis incapable de reconnaître l'odeur de mon fils mais, après tant d'années, je retrouve celle de son père, intacte.

Dans la cuisine, je reste un moment à contempler les portraits au-dessus du fourneau. Les ancêtres de Paul me transpercent de leur regard clair. Du temps de notre vie commune, Paul ne m'a jamais emmenée ici. Il ne m'a même jamais parlé de sa famille. Aujourd'hui, j'ai traversé le monde pour voir mon fils et il n'est pas au rendez-vous.

Je trouve une bouteille de vin rouge à demi vide. Je me verse un verre et je m'installe dans un fauteuil, sur la terrasse. Le vin est capiteux. Paul a toujours su choisir le vin.

J'attends.

COMPOSITION : CHARENTE-PHOTOGRAVURE À L'ISLE-D'ESPAGNAC
IMPRESSION : NORMANDIE ROTO IMPRESSION S.A. (61250)
DÉPÔT LÉGAL SEPTEMBRE 1994. N° 050 (I4-1296)